Die perfekte Insel – eine Suche

Thomas Frick

Die perfekte Insel – eine Suche

Bibliografische Information der Deutschen Bibliothek:
Die Deutsche Bibliothek verzeichnet diese Publikation
in der Deutschen Nationalbibliografie;
detaillierte Daten sind im Internet über
<http: // dnb.ddb.de> abrufbar.

© 2008 Thomas Frick
Satz, Umschlagdesign, Herstellung und Verlag:
Books on Demand GmbH, Norderstedt
Herausgeber: P.M. Magazin – GRUNER + JAHR AG & CO KG, Druck- und
Verlagshaus, Verlagsgruppe München
ISBN: 978-3-8370-3138-6

7. Mai 2007

Johoho, Piraten haben's gut! Die Südsee ist was Tolles! Azurblauer Ozean, bunte Riffe, exotische Fische und kleine einsame Inseln. Jeder will einmal im Leben selbst fühlen, wie es dort ist – im weißen Sand, im warmen Wasser und unter Palmen. Der Stoff, aus dem die Sehnsüchte sind. Unsere salzig feuchten Träume. Kinostoff.

Und es gibt eine ganz eigene Sorte Verrückte, die träumen davon, auf einer solchen Insel zu arbeiten. So einer bin ich, Thomas Frick, Filmemacher, Reisender, Froschmann, professioneller Träumer. Ich bin gerade in einer schwierigen Lebensphase und deshalb für Abenteuer zu haben. Und nachdem mein junger Padawan-Schüler, mein Freund und Produzent Stefan, nach unserem ersten gemeinsamen Film und Festivalerfolg „Dangerous Animal" mitten in Hollywood seinem Kinoidol George Lucas die Hand schütteln durfte, fragte er mich im Überschwang der

Gefühle, was für einen Drehort ich mir als Nächstes vorstellen könnte.

Ich sagte es ihm.

Und so fanden wir uns am 7. Mai 2007 – nach ausgiebigen Google Earth- und Fotocommunity-Recherchen, nach telefonischen Expertenbefragungen, langen nächtlichen Skype-Sitzungen und einer gemeinsamen Drehbuchwoche in Dubai – auf den Malediven wieder. Genauer gesagt auf Dhiffushi – oder wie die Insel in der Tourismusbranche heißt: Holiday Island.

Die am äußersten südlichen Rand des Ari Atolls gelegene ca. 700 Meter lange und 100 Meter breite Märcheninsel präsentierte sich genau so, wie ich es mir vorgestellt hatte. Schneeweißer Sand, azurblaues Wasser, grüne Kokospalmen, dazu ein blauer Postkartenhimmel – jedenfalls von Weitem – und es war die ganze Zeit so heiß, als hätte jemand den Heizlüfter angelassen.

Auf dem Hinweg hatten wir einen unfreiwilligen Zwischenaufenthalt gehabt. Wegen der Zeitumstellung, Übermüdung und einer allzu demonstrativen Coolness und Routine beim Jetsetten verpassten wir den Anschlussflieger in Doha, der Hauptstadt von Katar. Aber für Stefan war so etwas kein Beinbruch, er brauchte nur einen Internetanschluss, um etwas aus der Situation zu machen.

Statt einer Nacht auf dem Flughafen oder einer Kette anstrengender Ersatz-Dreiecksflüge über Sri Lanka oder ein sonstiges Land entschied er sich für die wesentlich entspanntere Variante – think positive –, einen Fünf-Sterne-Aufenthalt. Wann sonst hätte man schon mal das sagenumwobene Katar zu sehen bekommen? Das Malheur brachte mir eine Nobelnacht im „Ritz-Carlton", eine Stadterkundung per Taxi sowie einen halben Tag am Luxus-Pool ein und endete mit einem traditionellen Essen in einem Terrassenrestaurant am Meer zu Füßen einer gigantischen „Orry"-Statue, einem Qatari Oryx, dem vom Aussterben bedrohten Maskottchen der Asienspiele 2006.

Wir hatten anderthalb Tage Drehortsuche verloren, aber die Zeit wurde uns nicht lang, da es viel zu bereden gab, und dank Wireless LAN nutzten wir die Pause zu weiteren Recherchen. Am Abend ließen wir uns zum Flughafen fahren. Dort saßen wir zur Sicherheit lieber noch ein paar Stunden herum und schließlich ging es weiter mit „Qatar Airlines" – vier Stunden ostwärts nach Malé.

Unsere Plätze waren zwar nebeneinander, allerdings ganz hinten im Flugzeug, wo es keine Fenster gab, sodass uns der spektakuläre Landeanflug über die Atolle, den ich mir schon so lange ausgemalt und herbeigewünscht hatte, entging. Nur einmal, ganz kurz, bei einer Kurve auf den letzten Kilometern konnte ich durch das Bullauge der Hintertür einen Blick auf eines der vielen kleinen Atolle werfen, ein hellgelber Kranz im blauen Meer, wie auf einem Kalenderbild. Dann legte sich das Flugzeug gerade und das Bild war wieder so unwirklich wie der Traum, den ich so viele Jahre geträumt hatte.

Der Malé International Airport sah auf den ersten Blick aus wie eine einzige blau gestrichene Halle mit ein paar Kontrollschaltern und dem Charme eines 70er Jahre James-Bond-Films.

Stefan stürzte sofort zu einem Wireless-LAN-Punkt, kaufte einen Chip und versuchte während der zwei Stunden bis zur Weiterfahrt, Mails zu verschicken, um seine beruflichen Unternehmungen aufrecht zu erhalten, aber er bekam keine Verbindung.

Ich sah mir unterdessen einen Kiosk an, der mich an die 80er Jahre auf Rügen erinnerte, und ich kaufte mit Stefans Geld eine Landkarte – oder sollte man sagen: eine Wasserkarte – des gesamten Archipels mit allen Atollen und einzelnen Inseln, die aber wegen der Gesamtausdehnung der Malediven auf dem Papier kaum zu erkennen und zu unterscheiden waren. Dann drehte ich eine Runde durch den Wartesaal und machte Videoaufnahmen „von Land und Leuten". Die Hitze und erst recht die Luftfeuchtigkeit waren unangenehm hoch und ich begann mir Sorgen um meine erst vor Kurzem gekaufte Sony HC3E HDV-Kamera zu machen. Ich hatte schon einmal eine Videokamera auf einer Reise eingebüßt, vor über zehn Jahren in Costa Rica. Auch dort hatte die Technik das schwülheiße Tropenklima nicht überlebt. Aber das Risiko musste ich erneut eingehen, schließlich hatte ich die Kamera u. a. deshalb mit, um sie unter realen Reisebedingungen zu testen. Ich wollte unbedingt herausfinden, ob ein Dreh damit möglich war – und das galt nicht nur für die Kamera.

Nachdem noch einige weitere Reisende von einem späteren Flug zu uns gestoßen waren, kletterten wir in ein so genanntes „Speedboot" und verließen in beinahe gemütlicher Fahrt den Hafen. Weil ich unterwegs filmen wollte, hatte ich mich in der Schlange ganz vorne angestellt und einen Fensterplatz in der ersten Reihe ergattert.

Es schaukelte schon heftiger, als wir an Malé vorbei auf die Lagune tuckerten.

Die gesamte Hauptstadt der Malediven ist im Laufe von fünf Jahrhunderten auf eine knapp zwei Quadratkilometer kleine Insel am Rande des Süd-Malé-Atolls gequetscht worden und wirkt mit ihren dicht gedrängten Häusern und deren arg durcheinander gewürfelten Fassaden ein bisschen wie Venedig auf Speed.

Mein Orientierungssinn ist eigentlich ganz passabel und ich bildete mir ein, dass wir ihn in den nächsten Tagen sicherlich noch gut brauchen würden, da wir etliche im Ozean verstreute Inseln besuchen und miteinander vergleichen wollten, um den perfekten Drehort für unser nächstes Projekt „Dangerous Island" zu finden.

Bei unserem ersten gemeinsamen Kurzfilm-Abenteuer vor vier Jahren war es ähnlich abgelaufen: Eine Recherchewoche allein mit Stefan in Tunesien, um die richtige Oase zu finden, und dann, zwei Monate später, kamen wir bestens vorbereitet mit einer sechsköpfigen Crew zurück, um das Epos zu verwirklichen, was uns – Oh Wunder! – auch tatsächlich gelungen war. Der neue Film würde sicher ungleich aufwendiger werden, aber man wächst schließlich mit seinen Aufgaben.

Ich hatte mir auf Google Earth diverse Kandidaten für Drehorte ausgesucht und war gespannt, wie schwer es sein würde, sie in der Realität wiederzufinden. Ich versuchte, auf der Karte mitzuverfolgen, an welchen Inseln wir gerade vorbeibrausten, sozusagen als Training für die nächsten Tage, verlor aber schon nach einigen Erfolgen die Orientierung.

Alle maledivischen Inseln bedecken zusammen weniger als 300 Quadratkilometer Fläche, also nicht einmal so viel wie die Stadt München, erstrecken sich aber, westlich von Indien gelegen, über eine Länge von ca. 800 Kilometern quer durch den Indischen Ozean bis südlich des Äquators.

Diese Zahlen lesen sich recht nüchtern, was sie bedeuten, wurde mir jedoch erst jetzt allmählich klar.

Nachdem wir ein paar bewohnte Inseln hinter uns gelassen hatten und schon eine Weile lang von Welle zu Welle klatschten, war am Horizont Brandung auszumachen und ich vermutete dort voller naiver Hoffnung bereits die ersten Inseln des gegenüberliegenden Ari-Atolls. Aber ich irrte mich gewaltig, denn es war erst das Außenriff des Süd-Malé-Atolls, das wir schließlich nach vierzig mühsamen Minuten stampfend und schlingernd hinter uns ließen.

Die Zeitangaben der Crew, wie lange wir eigentlich bis zur Ankunft auf Holiday Island brauchen würden, waren immer ein bisschen vage gewesen und die Hoffnung, bald da zu sein, löste sich rasch in fliegendem Schaum auf. Das offene Meer war wesentlich bewegter als das Wasser in der Lagune und der pubertäre Kapitän jagte das Boot mit voller Geschwindigkeit in die erste große Welle hinein. Es bumste gewaltig, aber das war nicht etwa ein Versehen, sondern scheinbar die normale Art, zu reisen. Manchmal gelang es dem Skipper für einige Augenblicke, ruhig auf ein paar Wellenkämmen entlangzureiten, aber alle zwanzig Sekunden erwischte er ein Wellental, in welches das gesamte Schiff mit beängstigendem Krachen hineinstürzte, um gleich darauf wieder mit Schwung herauskatapultiert zu werden. Es war wie auf dem Rummelplatz. Mein Magen ging ganz langsam in die Knie und bettelte: Umkehren!

Aber der Spaß wiederholte sich mit beängstigender Gnadenlosigkeit alle Viertelminuten und die Antwort auf meine bang vorgetragene Frage nach der Entfernung bis zum nächsten Atoll war: „Nur zwei Stunden!"

Es gibt nichts Trostloseres als die offene See, wenn sie nicht nett zu einem ist und einfach kein Ende nehmen will. Der Skipper suchte sich einen scheinbar nicht existierenden Punkt am Horizont und bretterte stur drauf zu, ohne dass sich für absehbare Zeit das Geringste veränderte oder sich sonst irgendetwas Hoffnung Machendes ereignete. So sehr die Augen sich auch anstrengten – kein rettendes Inselchen kam in Sicht, kein Silberstreif glänzte am Horizont. Der Rumpf ächzte bei jedem neuen Schlag, die Materialfrage stellte sich und ich dachte voller Ehrfurcht an die alten Seefahrer, die das „Kap der Stürme" mit nichts als Holz und Würmern unter den Füßen umrundet hatten.

Ich merkte schnell, dass mein Fensterplatz in der ersten Reihe ungefähr dem ersten Platz in einer aus den Schienen springenden Achterbahn entsprach. Selbst Stefan, mein rollerghostergestählter Vergnügungsparkjunkie sah ein wenig grünlich aus. Es war einfach nicht fair hier vorne, da man bei jedem Auf und Ab auch noch gründlich von seiner Stuhllehne verprügelt wurde. Irgendwann fasste ich mir ein Herz und ließ mich wie eine

Flipperkugel Schritt für Schritt und Hopser für Hopser in den weiter hinten gelegenen Teil des Schiffes werfen.

Oben auf der Brücke war es etwas ruhiger als in dem stickigen Bauch unserer wild auf und ab hüpfenden Jahrmarktsgondel. Ich hangelte mich das Treppchen hinauf und fragte mich etliche blaue Flecke später, wie die Crew das wohl aushielt. Die aber saß da wie ein Rudel Sphinxen bei einer Sonntagnachmittag-Nilpartie und der Käpt'n starrte nur unbewegt durch seine verspiegelte Sonnenbrille aufs Meer. Für ihn war es vermutlich ein ruhiger Tag. Seine mitreisenden Kumpels oder Offiziere fixierten mich wie die Bösewichter in einem Spionagefilm, aber wenigstens ließen sie mich gnädig bei ihnen herumstehen bzw. umhertaumeln. Ich heftete die Augen so fest es ging an imaginäre Punkte am Horizont, so wurde mir wenigstens nicht schlecht.

Endlich kam weit voraus etwas Ungewisses in Sicht. Es war eine immerhin schon mal weitläufig zu unserem Atoll gehörende Insel und ich verstand plötzlich das wahre Glück der Seefahrer aller Länder und Zeiten – Land in Sicht! Land! Ich war froh, dass ich nicht angekettet in einem hin und her federnden Mastkorb hocken musste, um danach Ausschau zu halten.

Es dauerte noch ewig, dann waren wir wieder in ruhigeren Gefilden, gondelten an Eilanden vorbei, die ich mit Hilfe der Karte und meiner vorhergehenden Studien bei Google Earth sogar wiedererkannte. Jetzt wurde es beinahe gemütlich, dem coolen Kapitän fielen bei so viel Beschaulichkeit die Augen zu, während ich mich nicht traute, ihn zu wecken, und mit klopfendem Herzen nach Riffen Ausschau hielt. Und schließlich tauchte unsere neue Heimat – Holiday Island – auf.

Auf einem azurblauen Eierkuchen thronte ein sattgrünes Häubchen aus Palmen, Palmen und noch mehr Palmen. Mir als altem Palmenfreak ging das Herz auf.

Was von Weitem wie eine unbewohnte Robinson-Insel aussah, bestand aber, näher besehen, aus über hundert gut getarnten

Hütten, hatte eine eigene Hafeneinfahrt und einen gut 200 Meter langen Steg, vor dem schon ein paar Wasserflugzeuge dümpelten. Man glaubte jeden Moment Indy angerannt kommen zu sehen, verfolgt von vergifteten Indianerpfeilen.

An der Rezeption knöpfte sich Stefan sofort einen der Empfangsmanager vor und erklärte ihm, dass wir mitnichten Touristen seien, sondern die Macher eines Filmkunstwerkes, welches hier demnächst ganz viel Geld ins Land pumpen würde. Na ja, nicht heute, nicht morgen und wenn es so weit wäre, dann kämen wir mit vielleicht zehn Leuten wieder. Aber er machte auch gleich Ernst und noch vor unserem Zimmerschlüssel hatten wir für den nächsten Tag eine Verabredung zu einer Rundfahrt mit einem Dhoni, wie die einheimischen Boote hier heißen.

Unsere Behausung lag fast am Ende der Insel, es war heiß und schwül unter den Palmen. Kaum hatten wir in den Luxusappartments eingecheckt, die alle am Ufer der schmalen Insel lagen, befanden wir uns auch schon im Tiefschlaf. Die zwanzig Minuten Koma im wackelnden Flugzeug letzte Nacht waren eindeutig zu wenig gewesen.

Zufällig erwachte ich, als es draußen schon fast dunkel war. Stefan reagierte nicht, also ging ich alleine zum Strand – kein allzu weiter Weg. Die Sonne war zwar schon untergegangen, aber auch so bot sich ein umwerfendes Schauspiel explodierender Farben und Gefühle. Die Sehnsucht nach der Frau meines Herzens, die sich vor einiger Zeit von mir getrennt hatte, die ich aber um alles in der Welt gern bei mir gehabt hätte, das Glück, hier zu sein, und das Leid, es nicht teilen zu können, diese absurde Lebenssituation haute mich glatt um.

Beim Warten aufs Abendbrot las ich „Ubik", einen surrealen Science-Fiction-Roman von Philip K. Dick über eine sich auflösende Welt, in der sich alles in die Vergangenheit zurückentwickelt, indem es frühere parallel existierende Formen annimmt.

Das Essen war nicht schlecht, aber es schmeckte mir nicht wirklich. Der Gedanke an frühere Half-Pension-Dinner mit meiner liebsten Reisegefährtin stimmte mich trübselig. Ich hatte diesen Effekt erwartet und es war klar, dass mich die Parallelwelten meiner Urlaubserinnerungen in Depressionen stürzen würden, aber ich konnte mir auch einreden, ich sei schließlich nicht zum Spaß hier, und so begann ich mich also tapfer durch das Vier-Sterne-Büfett zu graben, um mich für die kommenden Aufgaben zu stärken.

Stefan ließ sich nicht blicken und der Kellner fragte mich nach meiner werten Gemahlin, ob die wohl noch käme. Holiday Island ist eine reine Honeymoon-Insel, ausgerichtet auf pauschale romantische Zweisamkeit. Ich zog probehalber den Bauch ein, als eine ansehnliche Urlauberin in kurzen Höschen vorbeischwebte, aber dann streckte ich ihn gleich wieder doppelt so weit vor, weil ich mir plötzlich unendlich albern vorkam, und floh ins Internetcafé „Cyberstation", um eine der ersten Mails zu schreiben, aus denen schließlich dieser Bericht entstand.

Und da saß natürlich schon längst Stefan, der mich netterweise gleich auf seinem Account weiterarbeiten ließ. Das war schon traumhaft. Stefan bezahlte alles. Ich hatte in Malé Geld getauscht, es aber seitdem nicht wieder angefasst. Die Vereinbarung war die, dass Stefan der Produzent war, der Boss, und dass wir hier seinen Film vorbereiteten, er würde ihm später gehören, ich durfte ihn immerhin machen. Natürlich arbeiteten wir zusammen – und das sogar sehr gut. Im Dezember war ich schon für eine Woche zu Gast in Dubai gewesen, um zusammen mit Stefan das Drehbuch zu schreiben. Er hatte mir alles gezeigt und bezahlt – einschließlich Wüstentouren und Nobelhotels – und ich hatte mich immer gefragt, warum. Es war wie in Tunesien. Er war endlich wieder George und ich war Steven und nur ganz heimlich fragte ich mich, ob Lucas für Spielberg auch immer alles bezahlt, wenn sie zusammen einen Film drehen, und wann Stefan wohl die Lust daran verlieren würde. Das Boot für morgen zum Beispiel sollte schlappe 350 Dollar kosten, davon mache ich sonst einen ganzen Urlaub. Als ich den Preis hörte und ein bisschen verlegen herumdruckste, predigte mein Mäzen mir Großzügigkeit und Vertrauen in Investitionen. Bei aller Freundschaft würde er keinen Pfennig investieren, wenn er nicht sicher sei, dass wieder ein ungewöhnlicher Film zustande kommen würde, der jeden einzelnen Cent wert sei.

Dieser Gedanke gefiel mir.

8. Mai 2007

Am nächsten Morgen war Stefan schon los – ohne mich – zum Frühstück und ich hatte den Verdacht, er wollte sich so wenig wie möglich mit mir sehen lassen, aus Angst, geköpft zu werden. Diese Strafe, so hatte er erfahren, sieht die Scharia, die islamische Gesetzgebung, vor, wenn man als schwul entlarvt wird. Tatsächlich gab es hier nur ganz normale Hetero-Pärchen jeden Alters und einige glückliche Familien.

Am Büfett entdeckte ich einen Omelettemacher – ein Charakterkopf; er ähnelte Sammy Davis junior – mit riesiger weißer Papierkochmütze, wie ein Karnevalskoch, der machte mir ein Omelett mit herrlich vielen Zwiebeln und ich begann allmählich, mich wohlzufühlen. Aber Knoblauch hätte er nicht, sagte er streng, so etwas gäbe es ja wohl nur am Abend.

Ich haute mir den Wanst voll und folgte dann Stefan ins Internetcafé, aber am Tage war die Verbindung auch nicht besser. Das läge am Satelliteninternet und den Wolken, erklärte der junge Operator.

Ich wollte erst gar nicht, aber Stefan kaufte vorsichtshalber eine große Tube Sonnencreme mit einem betonartigen Schutzfaktor, der vermutlich im Iran auch zum Schutz gegen Atomraketen benutzt wird. Stefan ließ als Bewohner von Dubai den abgebrühten Sonnenbrand-Kenner heraushängen und warnte mich noch mehrmals davor, aufs Eincremen zu verzichten. Ich hingegen hielt das Zeug für schädlicher als die Sonne selbst und meinte, ein Hemd würde reichen.

Im Bungalow checkten wir die bisher gemachten Videoaufnahmen. Wir konnten die Kamera direkt an den Zimmerfernseher anschließen und obwohl er kein 16:9-Format darstellen konnte, also die Bilder auf ein seltsames Hochkantformat quetschte, sahen die ersten Versuche schon gar nicht mal so übel aus. Bereits auf der Hinfahrt waren wir an vielversprechenden Inseln vorbeigekommen, die zwar zum Teil bewohnt waren, aber zur Not schon als Drehort gepasst hätten. Nur eine brauchbare Inseltotale, also eine unverbaute kleine Insel mitten im Meer, hatten wir noch nicht gesehen. Und natürlich gab es eine Menge Details, die wir alle an einem einzigen Ort zu finden hofften: Palmen, die direkt ins Wasser reichten, Kokosnüsse, eine Sandbank, einen malerischen Strand, begehbare Wege und Lichtungen im Inneren, geheimnisvolle Tiere, am besten Haie, und all das natürlich in der besten Saison menschenleer, aber in der Nähe eines guten, aber billigen Hotels.

Dann verpackte ich die Kamera zusammen mit einem frischen Akku und einer leeren Kassette im nagelneuen Unterwassergehäuse. Ich war sehr gespannt, ob das funktionieren würde oder ob die Kamera etwa bei der erstbesten Gelegenheit absoff.

Wir machten uns mit unseren Schnorchelsachen und je zwei großen Wasserflaschen auf den Weg zum Boot, das bereits auf uns wartete. Die Besatzung sah aus wie durchschnittlich vierzehn und in der Mitte des Dhonis stand eine große Kühlbox, randvoll mit in Silberfolie verpacktem Essen. Erst mal gab es eine Diskussion, denn anstelle der am Vortag mit der Rezeption vereinbarten drei Inseln sollten nur die ersten beiden angefahren werden. Ich argwöhnte Faulheit und Missmanagement und sah uns schon in einem Sumpf nicht eingehaltener Absprachen und Aufmüpfigkeit versinken. Stefan klärte das aber, ganz der coole Producer, und endlich ging es los.

Auf dem Vordeck des Dhonis lag ein kleines abgewetztes hölzernes Ruderboot, das zwar nicht so aussah, als ob es schwimmen könnte, aber dafür wie die perfekte Materialisierung der Nussschale, die mir beim Drehbuchschreiben als Transportmittel für unseren Postmann vorgeschwebt hatte. Wir engagierten es auf der Stelle.

Zwischen der Nachbar-Hotelinsel „Sun Island" und einer nur für Einheimische zugänglichen Insel namens Fenfushi entdeckten wir im Vorbeifahren noch ein kleineres Inselchen, das bisher noch von niemandem erwähnt worden war, mir aber auf Anhieb sehr gut gefiel. Es hieß Tholofushi. Da wir dort aber keine Erlaubnis zum Landen hatten, tuckerten wir, ohne uns näher damit zu befassen, weiter; die ersten vierzig Minuten nach Bodofinolhu – immer parallel zu dem weiß schäumenden und bis hierher hörbaren Außenriff, das in einigen Kilometern Entfernung den ganzen Horizont entlang zu sehen war. Die Sonne feuerte fast senkrecht herab, wie im Kino, aber durch den Seewind war es angenehm kühl. Witzigerweise war ich es, der sich mit der dicken Sonnenpampe einschmierte. Stefan winkte gelangweilt ab: „Ja, später …"

Hinter Bodofinholu folgten ein paar Kilometer Sandbänke. Eine von ihnen krönte ein grüner Klecks aus Buschwerk, keine Palmen, aber immerhin unsere erste einsame Insel, auf die wir nun durften.

Wir lehnten eine Überfahrt mit der Nussschale heldenhaft ab und ließen uns samt Schnorchelzeug und Kamera zu Wasser. Ich hatte in diesem Jahr noch nicht angebadet und ließ mich mit einem Gefühl von leichter Aufregung ins Wasser gleiten. Es war warm, warm wie in einer Badewanne, aber es war immerhin nass. Das Gehäuse schien fürs Erste dichtzuhalten, aber ein anderes Problem wurde spätestens jetzt sehr deutlich: Die verdrehbare Videoausspiegelung des Camcorders wird klugerweise mit einem Spiegel so umgeleitet, dass man das Bild bequem von hinten durchs Unterwassergehäuse betrachten kann. So weit die Theorie, die für schummerige japanische Bergseen auch zutreffen mag, aber hoch über unseren Köpfen ballerte etwas, was man schon getrost als Äquatorsonne bezeichnen durfte. Und diese war so extrem hell, jedenfalls so viel heller als der ausgespiegelte Minimonitor, dass ich nichts sehen konnte, nicht einmal, ob die Kamera überhaupt an war, geschweige denn Einzelheiten des Displays. Wenn ich das geblendete Auge direkt an das Gehäuse presste, war ein bisschen zu erkennen. Also hieß es: wassertreten, Taucherbrille abnehmen und nachgucken. Aha, die Kamera war im Standby-Modus. Also: einschalten, Brille aufsetzen und tauchen. Zum Abschalten die gleiche Prozedur. Oder hatte ich in meiner Aufregung einmal zu oft gedrückt? Aber immerhin, ich machte die ersten Unterwasserbilder mit der neuen Technik – was allerdings noch nicht so viel einbrachte, denn außer Sand, abgestorbenem Korallenschrott und ein paar wenigen mehr oder minder bunten Fischlein war nichts Spektakuläres auszumachen. So schnorchelten wir voller Neugierde auf die Insel zu.

Irgendwann nach 200 Metern wurde es so flach, dass ich die Flossen ausziehen musste, sie unter den Arm klemmte und aufrecht und barfuß auf die Insel zu marschierte. Es piekte ganz unromantisch in die Sohlen und ich ging vorsichtig wie ein Storch, dachte an Seeigel und Steinfische. Bei Letzteren sagt man, man könnte nach einem Stich getrost weiterschwimmen. Ein Arzt lohne nicht, weil man eh nach zwanzig Minuten tot sei. Eventuell solle helfen, die Stelle mit über siebzig Grad heißem Wasser abzubrühen. Na immerhin, dreißig Grad waren es ja schon überall.

Stefan war wie immer schneller und nahm den weißen ebenso stacheligen Strand zuerst in Besitz. Viel zu sehen war nicht, außer einer Menge Müll, von Touristen dagelassen oder angeschwemmt. Ein bisschen ratlos latschten wir herum und machten uns gegenseitig Mut. Klar, zur Not könnte man hier irgendetwas drehen, was wie eine einsame Tropeninsel aussehe, aber ohne Palme war das Ganze doch nur ein Haufen Sand und der Busch war viel zu klein für die Verfolgungen und anderen Handlungselemente.

Ich knipste mit der Sony im Fotomodus ein paar Gipfelfotos und sah dabei vor greller Helligkeit nicht einmal, ob ich gerade im Tele- oder Weitwinkelbereich war.

Indessen hatte unsere Besatzung das Beiboot zu Wasser gelassen und zwei Jungs von der Crew stakten uns langsam entgegen. Mangels Ruder stießen sie sich mit einer weißen Stange ab. Als Stefan einstieg, war das halbe Ding schon voller Wasser. Ich jauchzte vor Entzücken, das schrottige Teil, das bei der kleinsten Bewegung abzusaufen drohte, war perfekt für den Film. Dieses Minischiffchen war so armselig, dass damit die Charakterisierung des Postmanns ganz von alleine funktionierte.

Wieder im Dhoni stürzten wir uns auf unsere Wasserflaschen. Ich sagte Stefan, dass sein Rücken schon ein bisschen rot sei. Und weiter ging es – die nächsten vierzig Minuten mit Volldampf zur Insel Huruelhi, die schon ganz klein am Horizont zu sehen war.

Je näher wir kamen, desto optimistischer wurden wir, denn hier sah es schon viel besser aus. Über einem langen hellen Traumstrand stand ein saftig grüner Wald aus Büschen und wunderschönen Kokospalmen. Ein vor Anker liegendes Boot störte uns zunächst nicht weiter, klar mussten wir damit rechnen, dass auch andere Leute hier unterwegs waren.

Wir ankerten, sprangen ins Wasser und schwammen an Land.

Am Strand standen ein paar einsame weiße Sonnenschirme herum, aber zum Glück waren es transportable, die wir natürlich zum Drehen entfernen würden.

Von Nahem war die Insel noch schöner: ein perfekter weißer Strand, mehrere Palmengruppen und das Ganze nicht zu groß und nicht zu klein. Eine sandige Lücke in den Büschen führte zu einer Lichtung unter einer Gruppe von Palmen, unter denen ein Büfett aufgebaut war und ein paar Leute auf Romantik machten. Eine Art Bodyguard kam eilig auf uns zu und teilte uns unmissverständlich mit, diese Insel gehöre dem Hilton-Hotel und dass wir die Insel sofort verlassen müssten, wenn wir nicht zufällig Gäste seien.

Wir hatten laut unserer Rezeption eine Erlaubnis, aber der gute Mann wusste natürlich nichts davon. Bevor ich anfangen konnte, zu diskutieren und auf unsere leider nur mündliche Genehmigung vom Holiday-Island-Management zu pochen, kam Stefan mir mit einem charmanten Lächeln zuvor. Er mimte vollstes Verständnis. Ober er sich als Ehrenmitglied des Hilton-Clubs – oder so ähnlich – mal am Strand umsehen dürfte? Vermutlich allein die Tatsache, dass er solche Wörter überhaupt kannte, ließ den Bodyguard strammstehen und er erlaubte uns einen ganz, ganz kurzen Blick aufs Paradies.

Wir gönnten uns einen halbstündigen Spaziergang rund um die Insel und danach schnorchelten wir noch ausgiebig in den heiligen Gewässern. Das Hausriff war ansehnlich, es gab keine großen oder seltenen Fische, aber immerhin eine Menge intakter Tischkorallen mit schönen Fischschwärmen, über die ich im Blindflug und ein wenig zu hektisch – mit der Kamera auf Dauerbetrieb – dahinplanschte, nie ganz sicher, ob sie tatsächlich an war.

Wegen der vorangegangenen Stürme und Regengüsse war das Wasser relativ trübe und es herrschte eine starke Strömung.

Trotzdem tat es wieder einmal gut, nach Jahren über einem Korallengarten zu schweben. Es war wirklich schon verdammt lang her.

Auf der folgenden etwa 25 Kilometer langen Fahrt quer durch das Süd-Ari-Atoll zu einem Inselchen namens Dhehassanu Lonu Bui Huraa hatten wir dann ausgiebig Zeit, zu relaxen. Ich stürzte mich, inzwischen hungrig, auf die Lunchbox. Darin waren Melonen, bei denen mir schon vom Geruch schlecht wurde, kalte pappige Pommes frites mit Ketchup, der sich weigerte, die schützende Flasche zu verlassen, und etwas, was zunächst wie Hühnersandwich aussah und nach allem Möglichen roch.

Ich aß es gierig und hatte das zweite Ding schon halb herunter, als ich merkte, dass es wohl doch Thunfisch enthielt. Dazu sei erwähnt, dass mich seit frühester Kindheit wenn nicht eine Fischallergie, doch zumindest eine ausgeprägte Aversion gegen alle Arten von Seafood plagt und ich jedes Mal die Farbe wechsle, wenn ich geräuchertem Aal, Seelachs, Shrimps, Seetang, ja, selbst Delfin in Dosen auch nur zu nahe komme.

Stefans Rücken war inzwischen krebsrot. Ich sagte es ihm und piekte ihn zur Untermalung noch einmal mit dem Finger an, aber es schien ihn, den sonnenerprobten Wüstensohn und Dubaianer, einfach nicht zu interessieren. Ich prophezeite ihm also eine unschöne Nacht.

Unermüdlich pflügte das Dhoni durch die Wellen. Die Besatzung traute sich nicht an die Lunchbox, vermutlich nicht, weil es ihnen nicht schmeckte, sondern weil sie einfach nicht durften. Wenigstens konnte Stefan ihnen ein paar von den Melonenstückchen verabreichen.

Es war ein seltsames Bild: die drei braungebrannten einheimischen Skipper, dicht um das Steuerrad gedrängt, und in der vorderen Hälfte des Schiffes die beiden Weißen bzw. Roten, die eine irrsinnige Summe Geldes dafür ausgaben, sich menschenleere

Inseln anzusehen, beim Anblick eines verranzten Miniruderbootes fast auf die Knie sanken und die tolle Kiste mit den Leckereien verschmähten. Und dann kamen wir nach einer Stunde Fahrt zu der Insel mit dem langen Huraah-Namen und wollten gar nicht erst aussteigen, obwohl es sogar einen schicken langen Steg gab und Wellenbrecher sowie riesengroße Sonnenschirme, also richtig gemütlich, erschlossen, zivilisiert.

Stefan lief pro forma doch mal schnell die paar Meter zur Inselmitte und kehrte gleich kopfschüttelnd wieder um. Man hatte uns eine leere Insel nur mit ein paar Palmen versprochen, das Satellitenbild hatte es auch so gezeigt, aber die Zivilisation hatte bereits zugeschlagen. Das hier war ein totaler Reinfall. Aber dennoch mussten wir, nur weil wir die mit viel Geld so schön hergerichtete Insel betreten hatten, noch zu einer daneben liegenden Hotelinsel fahren und die fällige Gebühr bezahlen. Von der Besprechung am Vortag hatte ich noch so etwas wie drei Dollar in Erinnerung, jetzt waren es auf einmal schon zehn.

Stefan reichte zwanzig herüber und wartete auf das Wechselgeld. Nein, selbstverständlich waren schon immer zehn Dollar pro Nase gemeint! Und da bewunderte ich mal wieder, wie wenig der sonst so Sparsame am Gelde hing und sich die Laune nicht verderben ließ. Er respektierte vermutlich die Geschäftstüchtigkeit der Insulaner.

Zurück im Bungalow sahen wir uns die Aufnahmen an, die – abgesehen vom Gewackel beim Ein- und Ausschalten – überraschend gut aussahen. Wir diskutierten verschiedene Möglichkeiten, die Kamera mit dem Unterwassergehäuse vernünftig einzusetzen, sodass man auch etwas sah und Kontrolle über sie hatte. Vielleicht half ein Tuch über dem Kopf? Ich erinnerte mich, dass unser Kameramann Guntram in der Wüste in Tunesien mit einem Tuch gearbeitet hatte. Ob das unter Wasser funktionierte, wollten wir beim nächsten Mal probieren.

Stefan hatte einen üblen Sonnenbrand, während ich nach wie vor käseweiß war, aber mit einem seltsamen expressionistischen roten Ausschlag auf dem Rücken, der unheimlicherweise die Form von Flügeln hatte. Zunächst befürchtete ich eine Allergie, doch im Spiegel gesehen kapierte ich: Dort, wo meine eigenen Hände mit dem Sonnenöl nicht hinkamen, war ich ebenso verbrannt wie Stefan. Da fehlten die liebevollen Hände meiner Lieblingsreisebegleiterin. Pech gehabt!

Stefan fiel bald in Tiefschlaf – phänomenal, wie viel der schlafen kann – und ich schlich mich davon und drehte noch für ein Stündchen eine Runde um die Insel, betrachtete den Sonnenuntergang, grübelte über dieses und jenes, bis es dunkel war.

Beim Abendbrot entdeckte ich dann endlich neben dem Salatdressing eine große Schale mit gehacktem Knoblauch in Öl und machte das Zeug auf sämtliches Essen – außer natürlich auf die Kuchen, Puddings und Pasteten, die es in unerschöpflicher Vielfalt und jeden Tag wechselnd als Nachtisch gab.

Später saß ich noch stundenlang mit einem frisch gepressten Orangensaft und dem kleinen Jornada-Computer vor dem Restaurant am Ufer und schrieb die Ereignisse des ersten Tages auf. Hinter mir verwurstete eine Coverband alles, was einem lieb war, von Bob Marley bis zu den Doors und Pink Floyd. Es war entsetzlich, aber irgendwie passte es auch wieder.

Dann ging ich schlafen, bis mich ein Wackeln meines Bettes weckte.

Ich rief: „Stefan?" – aber er rührte sich nicht. Ich hatte den Stoß ganz sicher nicht geträumt, dachte gleich an Erdbeben und Tsunamis und malte mir aus, was ich tun würde oder konnte, wenn plötzlich eine Lastwagenladung Wasser durch die Scheibe gedonnert käme. Vermutlich konnte ich gar nichts tun, außer sterben.

Ich dachte darüber nach, ob mir das recht wäre. Nein, wäre es nicht, jetzt wollte ich erst einmal einen anstrengenden und schönen Film machen. Wenn es mich jetzt erwischte, würde ich sicher spuken. Immerhin, dachte ich noch, wäre eine Ferieninsel im Indischen Ozean nicht der schlechteste Ort dafür.

Als ich nach einer halben Stunde des zum Fenster Starrens beinahe eingeschlafen war, schien plötzlich ein autostarker Scheinwerfer ins Fenster. Nun gibt es aber keine Autos auf der Insel und ich war wieder hellwach, dachte an Piratenüberfälle, Al Quaida und Tsunamispätwarnungskommandos. Ein seltsames stark beunruhigendes Geräusch, das wie ein heranrollender Schnellzug klang, ließ mich kerzengerade sitzen. Sollte ich mich anziehen und irgendwohin rennen? Sollte ich Stefan wecken?

Doch es waren nur der Regen auf dem Dach und ein bisschen Sturm und weiter passierte auch nichts. Und am nächsten Morgen sagte mir Stefan, er hätte nur mal kurz an meinem Bett gewackelt, wegen meines katastrophalen Schnarchens.

9. Mai 2007

Der dritte Tag begann mit einem Bad im Meer direkt vor dem Bungalow.

Nach dem Frühstück gönnten wir uns eine lange Cybercafé-Session. Wir sprachen über das Drehbuch und kamen zu dem Schluss, dass der Film schon irgendwie machbar wäre, aber noch nicht optimal. Es gab reichlich Meer, Sand, Palmen etc. – alles nach Wunsch. Die besuchten Inseln aber waren zu klein, zu groß oder zu verbaut, also müssten wir noch weiterforschen, um keine Kompromisse machen zu müssen. Wir erinnerten uns an die kleine Insel Tholofushi, an der wir am Vortag vorbeigefahren waren und die – bis auf ein großes Warnschild – unbewohnt aussah. Aber niemand war auf die Idee gekommen, sie uns zu empfehlen. Wir beschlossen, auf der benachbarten Hotelinsel „Sun Island", die ihrerseits an Tholufushi stößt, zu fragen, und wir meldeten uns für die reguläre Überfahrt an. Stefan, noch gehandicapt von seinem Sonnenbrand, wollte ein bisschen Zeit für sich, also ging ich mittags allein zum Anleger, um auf eigene Faust etwas herauszufinden, verpasste aber das Schiff, das ausgerechnet dieses Mal pünktlich fuhr. Ich nutzte die Zeit zum Schreiben und Schlafen. Mit dem nächsten Dhoni kam ich drei Stunden später problemlos mit.

An der Hotelrezeption auf „Sun Island" erfuhr ich, dass die kleinere Nachbarinsel für zweihundert Dollar am Tag vermietet würde, für die nächsten Tage aber ausgebucht sei. Und die Gebühr sei obligatorisch, egal, ob man nur mal schnell gucken ginge oder die ganze Nacht bliebe.

Ich machte mich auf den Weg, um die Insel wenigstens schon mal von Nahem zu sehen. Neben der Rezeption gab es einen Fahrradverleih mit Hunderten von blauen Mountainbikes, aber ich entschied mich fürs Spazieren. Ich wanderte abwechselnd am

Strand und in dem kleinen Wäldchen vor den Hütten so weit es ging bis ans Ende der Insel, d. h. möglichst nah an Tholofushi heran, und machte Fotos. In einer direkt am Ufer gegenüber liegenden Schnorchelschule sprach ich mit dem kleinen indischen Direktor namens Sindi. Er kam extra aus einer Prüfung und war sehr nett.

Nach einem plötzlichen tropischen Regenguss ging ich zu der regulären Tauchschule an einem italienischen Restaurant und sprach mit Michaela, einer deutschen Tauchlehrerin. Tholofushi sei eine so genannte Hochzeitsinsel, erfuhr ich unter anderem, auf der sich Paare für ihre Hochzeitsnacht einmieten könnten. Wegen des Tsunamis aber seien Bauarbeiten auf der Insel im Gange, deshalb gäbe es zurzeit keinen Zutritt. Als ich Michaela nach einem möglicherweise irgendwo erhältlichen Gummihai fragte, sagte sie lachend, den wünschte sie sich auch, da die Touristen an die Tauchguides immer alberne Forderungen stellten, nach dem Motto: Ich habe bezahlt, wo ist der Hai?

Ich umrundete der Form halber den Rest von „Sun Island" (die Insel ist größer und komfortabler als Holiday Island, mit ein paar verwilderten Ecken, die man gut für Drehs benutzen könnte) und wartete dann brav auf die Ankunft des Zubringers für die Rückfahrt. Dabei fiel mir ein großer Vogel auf, der auf der Reling des italienischen Meeresrestaurants am Rande einer Art Seebrücke saß. Er beobachtete hungrig einen Schwarm Fische und war so zutraulich, dass ich ein paar extreme Nahaufnahmen von ihm machen konnte. Ich bedankte mich bei ihm, filmte noch ein paar unheimliche springende Krabben am Ufer und fuhr schließlich zurück nach Holiday Island, wo ich an der Rezeption den Deskmanager vom ersten Tag wiedertraf, der uns gleich am Anfang einige gute Ratschläge gegeben hatte. Ich erzählte ihm vom Stand unserer Recherchen und dass wir uns unbedingt auf Tholofushi umsehen müssten, notfalls erst einmal nur per Boot aus der Ferne. Er versprach, sich zu kümmern und für uns zwei eine Dhoni-Tour zur Hochzeitsinsel zu organisieren.

Beim Abendessen erzählte ich Stefan, was ich herausgefunden hatte, und er erwähnte eine weitere kleine Insel in genau der anderen Richtung, Kudadhoo, die ihm bei der Hinfahrt aufgefallen war. Wir beschlossen, es am nächsten Tag in beiden Richtungen zu versuchen, bevor wir uns endgültig auf die Reise zu einem grundsätzlich anderen Atoll machen würden. Denn natürlich wollten wir konsequent alle Möglichkeiten des Süd-Ari-Atolls recherchieren, so lange wir hier wohnten.

Der Deskmanager versprach, die nötigen Genehmigungen einzuholen sowie weitere Erkundigungen über das Baa-Atoll anzustellen, von dem wir inzwischen immer wieder Gutes gehört hatten. Es sei kaum besiedelt, wunderschön und die meisten vielversprechenden Fotos in einem der Bildbände im Souvenirladen stammten ebenfalls von dort. Das Problem war die Entfernung. Wir würden die ca. 250 Kilometer dorthin mit einem Wasserflugzeug fliegen sowie weitere Übernachtungen buchen müssen und unsere Bungalows auf Holiday Island standen inzwischen leer. Das erinnerte mich an die „Dangerous Animal"-Recherche in Tunesien: Während unsere Zimmer in Monastir auf uns warteten, kurvten wir 600 Kilometer südlich mit einem Mietwagen durch die Salzwüste und wohnten nächtelang in einem anderen Hotel in Douz. Ich versuchte mir die örtliche Stasi vorzustellen, die verzweifelt bemüht war, herauszubekommen, wo wir uns nun wirklich aufgehalten hatten und warum.

Wir unterhielten uns noch lange mit dem Deskmanager, sozusagen über Allah und die Welt. Er taute mehr und mehr auf und philosophierte mit uns auf eine berührende und einfache Art über seine Ansichten (anständig bleiben, kein Alkohol, fünf Mal am Tag beten), verschiedene Arten von Gästen (die Muffligkeit der Mafiosi, nette Deutsche und skandalöse saudische Prinzen mit 14 Prostituierten als Anhang) oder über die Schönheit verschiedener Frauen (die Bestaussehendsten seien die Osteuropäerinnen, aber leider oft nur als Anhängsel brutaler Russen). Es plauderte sich wirklich nett mit dem Mann und ich freute mich schon darauf, mit ihm zu arbeiten.

Stefan orderte sechs Wasserflaschen, um jeweils einen Dollar gegenüber der Zimmerservicevariante zu sparen, und wir überlegten, wie viele Wasserflaschen wir wohl würden kaufen und trinken müssen, um die Kosten des zusätzlichen Baa-Atoll-Trips hereinzubekommen.

Den Rest des Abends verbrachte ich mit Schreiben und erst um 2 Uhr knipste ich das Licht neben meinem viel zu großen Queensizebett aus.

10. Mai 2007

Wir frühstückten ausgiebig, was mir allerdings nicht so bekam, vermutlich wegen der allzu kurzen Nacht. Der Deskmanager, den ich immer noch nicht nach seinem Namen gefragt hatte, holte eine weitere Genehmigung für eine auf dem Wege liegende dritte Insel ein, Aryadhoo Kandu, eine so genannte Regierungsinsel, die nur wenige Tage im Jahr besucht wird und zu der es ursprünglich überhaupt keinen Zutritt geben sollte.

Ich schraubte die Unterwasserkamera zusammen und wir bestiegen das Dhoni, heute eines mit Kajüte und Klo, mit einem älteren ernsten Skipper und zwei jüngeren Helfern. Auf dem Vordeck lag – Oh Wunder! – wieder unser schönes kleines Beiboot vom Vortag, ein so genanntes Dinghi, wie ich inzwischen wusste, das unser neuer Freund von der Rezeption extra für unseren Ausflug geordert hatte, damit wir nicht wieder schwimmen mussten. Eine Maßnahme, die sich noch als vernünftig erweisen sollte.

Von Weitem kannte ich Tholofushi inzwischen schon ganz gut, eine langgestreckte Insel von vielleicht 300 Metern Länge und 70 Metern Breite. Die Besatzung setzte uns auf einer Sandbank am Anfang der Insel im hüfttiefen Wasser ab und verdrückte sich, wie es sich bei einer Hochzeitsinsel gehört, zu dem kleinen Dhoni-Hafen neben der Schnorchelschule am anderen Ufer.

Ich zog meine Badelatschen an, die ich mir vorsichtshalber unter die Badehose geklemmt hatte. Sofort scheuerte die alte Wunde am Zeh wieder auf. Aber was half's? Barfuß wie Stefan machte es noch weniger Freude.

Wir passierten das große mehrsprachige Warnschild, gingen eine Weile am Strand entlang und fanden dann einen Weg ins Innere. Hier war es sofort wieder brütend heiß, aber der Anblick ließ uns alle Sorgen vergessen. Ein sandiger Weg führte im Zickzack durch den Dschungel. Es gab hohe gebogene Kokospalmen, dichtes tropisches Gestrüpp, weit verzweigte Wanderpalmen mit Luftwurzeln und schließlich eine Art Schuppen im traditionellen Stil mit einem martialischen Eisengitter (eine mögliche Behausung für unseren Kannibalen), gefolgt von einer offenen Palmstrohhütte. Nach einer Weile führte der Weg wieder ans Ufer, wo wir mitten im Busch eine Steckdose fanden – nicht eben romantisch, aber sehr beruhigend, wenn man einen Film drehen will.

Dann entdeckten wir hinter der nächsten Uferbiegung ein Motorboot und gleich darauf trafen wir einige Einheimische, die dabei waren, am eigentlichen Schmuckstück der Insel, einer mit Palmwedeln gedeckten Robinson-Villa, zu basteln. Das Häuschen hatte eine Terrasse mit einer Schaukel wie in „Die Farbe Lila" und man konnte durch ein fehlendes Stück Strohwand auf ein luxuriöses Badezimmer unter freiem Himmel – aber mit Dusche und Bidet – blicken. Ein surrealer Anblick, der aber wie die Faust aufs Auge unseren globalisierten Insulaner charakterisieren könnte: Palmen, undurchdringlicher Piratendschungel, gammelnde Kokosnüsse – Schwenk – der Postmann sitzt auf einer schneeweißen Kloschüssel und greift nach dem geblümten Klopapier.

Wir wanderten zum gegenüberliegenden Ende der Insel, wo es ebenfalls eine kleine Sandbank gab. Die Folgen des Tsunamis waren noch überall sichtbar. Es hatten sich kleine halbmeterhohe Steilküsten gebildet, die ständig am Abbröckeln waren, aber auf dem Wasser lagen bereits in langen Schlangen schwarze Plastikrohre mit roten Schwimmern, die dazu dienen würden, neuen Sand aus den Tiefen der Lagune aufzuschwemmen – hoffentlich nicht gerade dann, wenn wir drehten.

Die Inseln, so hatte ich erfahren, seien sowieso in ständiger Veränderung, viele der Hotelinseln seien sogar mit Absicht völlig plattgemacht und nach den Vorstellungen der Architekten komplett neu bepflanzt und gestaltet worden. Nur gut, dass die Natur hier so schnell ist und manche Schande wieder ausbügelt – was allerdings nicht für die uralten Korallenriffe zutrifft, die schon mal ein paar tausend Jahre brauchen, um zu der Schönheit zu gelangen, in der wir sie heute sehen (falls wir noch etwas zu sehen bekommen).

Nach ein paar hilflosen, beinahe blinden Fotoversuchen für die Website machten wir uns auf den Rückweg durch die Insel. Unterwegs probten wir schon mal eine actionmäßige Verfolgungsjagd. Stefan machte abwechselnd den Postmann und den Kannibalen und zwischendurch auch mal einen wilden Orang-Utan, der aber, soweit ich mich erinnerte, im Drehbuch noch nicht vorkam. Aber es gelang ihm damit, mich so weit aufzuheitern, dass ich selbst mal halbwegs entspannt in die Kamera grinsen konnte.

Das Dhoni kam sofort heran, als die Besatzung uns entdeckte. Stefan eilte voraus und verpasste dabei drei kleine Riffhaie, die aufgeregt meine Beine umkreisten. Ich verfolgte sie regelrecht in der Hoffnung, sie auf Video zu bekommen, sodass sie schleunigst Reißaus nahmen. Seltsame Umkehrung: Normalerweise packen einen Panik und Hektik aus Angst vor Haien – in diesem Falle jedoch rannte ich aus Furcht, sie nicht zu erwischen.

Wieder auf dem Schiff, tuckerten wir vorbei an der Sun- und der Holidayinsel in Richtung Kudadhoo. Dabei begegneten wir einem kleinen arg verrosteten Hochseefrachtschiff, an dessen Brücke mit großen Buchstaben „Safety first“ stand. Ich hätte gerne gewusst, ob das der Name des Schiffes oder ein Witz war.

Wir kamen auch an der Regierungsinsel Aryadhoo vorbei, sahen einen Steg und Hütten und beschlossen, dort gar nicht erst anzulegen, weil sie für unsere Zwecke zu groß und zu bewohnt war.

Der Skipper stoppte das Dhoni in sehr weiter Entfernung von Kudadhoo, fast schon neben der nächsten von Einheimischen bewohnten Insel Dhidhoo. Die Besatzung ließ den Anker und das Dinghi zu Wasser und wir sahen nun auch, warum das nötig war: Der Meeresboden zur etwa 400 Meter entfernten Kudadhoo-Insel war sehr flach und dicht an dicht mit dunklen Korallenfelsen gespickt und lud weder zum Schwimmen noch zur gemütlichen Fahrt mit einem tiefergängigen Dhoni ein.

Der Gedanke, angesichts der Wellen in das wacklige kleine Dinghi zu steigen, war auch nicht gerade verlockend. Was, wenn uns die Strömung zwischen den Inseln hinaus ins Außenriff zog? Dort draußen, gar nicht weit entfernt, gleich hinter der Insel, brachen sich mit dem Donnern etlicher vorbeirasender D-Züge die mehrere Meter hohen Brandungswellen. Andererseits schien es keinen anderen Weg nach Kudadhoo zu geben und wir mussten da einfach hin!

Von Weitem sah die Insel toll aus – große Kokospalmen neben einem kleinen weißen Strand. Sie war genau richtig proportioniert.

Die Besatzung machte auch nicht gerade einen motivierten Eindruck, aber sie drückten dem Jüngsten von ihnen die lange weiße Stange in die Hand und er stakte mit uns los. Hier war es aber noch so tief, dass er sich kaum abstoßen konnte. Er beugte sich tief über den Bootsrand, stieß sich ab und gleich bei der ersten Welle war Wasser im Boot. Ich hatte mit der Kamera zu tun, Stefan schöpfte. Und so viel, wie er schöpfte, so viel kam auch mit der nächsten Welle wieder hinzu, aber Meter für Meter entfernten wir uns vom Dhoni und näherten uns der Insel. Der Gedanke, das würde mal für mich und meinen Drehstab der normale Weg zur Arbeit sein, kam mir nicht allzu ermutigend vor, aber je dichter wir an die Insel herankamen, desto besser sah sie aus.

Der kleine Strand war total verwildert, mit allerlei malerischem Strandgut übersät, um nicht zu sagen, mit Unmengen von Müll.

Es erinnerte an die bekannten Nach-Tsunami-Bilder, wo das durchströmende Wasser ganze Dörfer zu Müllhalden verarbeitet hatte. Fehlte noch, dass wir ein paar Knochen fanden. Jemand würde hier aufräumen müssen. Wir sprachen das aus wie einen sarkastischen Witz, aber je mehr man darüber nachdachte – irgendjemand würde hier wirklich mal aufräumen müssen.

Der Strand war ansonsten wunderschön, eine sanft geschwungene Bucht, die nach rechts in ein paar ins Wasser hängende Büsche überging, und über allem thronten herrlich wilde „Apokalypse Now"-Palmen. Sie öffneten sich weiter rechts zu einer Lichtung und schließlich zu einer Palmengruppe. Riesige Bäume, die alle halbmondförmig gebogen waren, mit dicken Stämmen. Der ideale Platz für eine kleine Siesta unseres menschenfressenden Antagonisten und für die dramatische Ankunft des Helden.

Und die Insel war so schmal, dass man im Hintergrund schon wieder den Ozean bzw. das brüllende Hausriff sah, welches hier nahtlos ins Außenriff überging.

Wir stolperten eine Weile begeistert mit den Armen rudernd durch den Müll, dann watete ich hinaus in die Lagune, um mir ein Bild mit etwas Abstand zu machen. Währenddessen nahm Stefan bei unserem Gondoliere Unterricht im Staken, fiel ein paar Mal fast ins Wasser und hatte Spaß wie ein kleines Kind.

Der Rückweg war sehr lustig und – wohl wegen der Strömung – etwas leichter. Ich drehte mit Stefan in der Hauptrolle ein Zanox-Testimonial, in dem er um sein Leben Wasser schöpfte und dabei versuchte, zu erklären, wie man Millionär wird.

Wir sahen dicht beim Boot wie einen schwarzen Teppich einen großen Manta vorbeisegeln, aber ich erwischte ihn nicht mit der Kamera, weder über noch unter Wasser.

Auf dem Rückweg schnorchelten wir noch zehn Minuten bei der Regierungsinsel, die uns nun, da wir unser Trauminselchen gefunden hatten, schon gar nicht mehr interessierte.

Ich filmte einen kleinen Napoleonfisch, aber ansonsten war nicht viel los, es war schon ziemlich dunkel und dazu sehr trübe.

In unserem trauten Heim angelangt, sichteten wir sofort die Fotos und Videoaufnahmen des vergangenen Tages. Ein paar brauchbare Aufnahmen waren dabei. Stefan entdeckte einen der süßen Riffhaie im Hintergrund und wir spulten das Band ein paar Mal zurück, um ihn gebührend zu bewundern.

Ich überfraß mich sinnlos beim Abendbrot mangels anderer Belohnung für meine unglaublichen Abenteuer.

Mohamed Ibrahim, so also hieß unser Helfer und Deskmanager, hatte für uns ein paar Hotels in der Baa-Atoll-Region recherchiert. Wir beschlossen, mit der Sicherheit der bereits gefundenen Locations im Rücken dort weiterzusuchen, um unsere 14 Tage so gut wie möglich zu nutzen, denn die kleine perfekte runde Insel hatten wir immer noch nicht. Dafür immerhin eine recht gute Option, die aus einer komfortablen und vielgestaltigen Inneninsel mit Hütte und Steckdose in Hotelnähe sowie einer malerischen Außenansicht einer nicht ganz leicht zu erreichenden Müllinsel bestand.

11. Mai 2007

Wie immer nahm ich mir vor, weniger zu essen nach all den Zwiebel- und Chili-Rühreiern der letzten Tage. Aber auch die Müslivariante artete aus, nachdem ich ein paar leckere kanadische Pfannkuchen mit Ahornsirup entdeckte. Nach dem Frühstück kamen wir auf die Idee, mal unseren Strand zu erschnorcheln, aber wie heißt es so schön in der Bibel: *Er blickte auf ein großes Wasser und die Welt war öde und leer.* Holiday Island hat einen wunderschönen breiten Strand, Traumsand im Überfluss, aber kein Hausriff.

Stefan kam vom Internetcafé und war sauer, weil er Ärger mit Leuten in Bratislava hatte, denen er Geld anvertraut hatte, ohne etwas dafür zu bekommen, und er schwamm in einem Tempo voraus, dass ich selbst mit meinen Flossen nicht nachkam. Wir schafften es quer durch die Lagune bis vor zum Anleger, sahen aber kaum den Schwanz eines Fisches. Erst auf dem Rückweg, Stefan war schon auf dem Jetty zu Fuß unterwegs, sah ich eine große Barracuda-Schule, die mich hungrig umringte, und ich spielte eine Weile *Hasch mich* mit den Kleinen.

Wir spannen ein bisschen herum und beschlossen, ein weiteres Testimonial für Zanox zu drehen, d. h. einen Kurzfilm ohne Schnitte, der vor allem echt aussieht, wie mit dem Handy gemacht – so lernte ich von ihm. *Stefan fällt aus dem kleinen Dinghi und prügelt sich mit einem Hai* – um gleichzeitig zu testen, ob es möglich wäre, hierzulande überhaupt eine Szene mit einem Hai zu drehen.

Ich bestand darauf, die wichtige Frage, woher wir derartige Einstellungen bekämen, jetzt zu klären und nicht dem Zufall bzw. unserem Improvisationstalent zu überlassen. Insgeheim stimmte mein innerer Ministerrat bereits für die Gummihai-Variante, einfach aus perfektionistischen Erwägungen, aber ich wollte Stefan, der der Frischfleischvariante anhing, den abenteuerlich-schönen Weg der Erkenntnis nicht nehmen.

Die Malediven sind zu Recht empfindlich, was ihren Ruf betrifft, aber Stefan hatte auch gehört, dass die Fischer gelegentlich einen verirrten Hai im Netz haben. Er hatte sich auf nahezu nekrophile Weise in den Gedanken verliebt, unser Postmann könnte die Szenen zusammen mit einem toten Hai spielen. Man könnte einen bereits toten Hai von den Fischern auf Eis kaufen, ihn an einer Strippe durchs Wasser ziehen, ihn für Nahaufnahmen vor die Kamera schubsen und unser Samoaner könnte ihn gar aus dem Wasser heben und für seine Unartigkeit abwatschen, links, rechts, batsch, batsch – und das alles zum Preis für ein paar Kilo Fisch!

Ursprünglich hatten wir ja nur an eine Gummi-Flosse und für ein Closeup an eine Animation oder in Deutschland gedrehte Attrappe gedacht. Aber nach meinen Probeaufnahmen im glasklaren Wasser hier in der rauen Wirklichkeit war auch glasklar geworden, dass man jeden Taucher unter der Flosse unweigerlich „durchschauen" würde.

Wir hatten schon gehört, dass Haie auf den Malediven – zum Glück – geschützt seien. Gespräche mit Mohamed Ibrahim und einem eigens herbeigerufenen Fischer bestätigten das und ich hatte auf absolut keinen Fall vor, einen kleinen süßen Sharky umzubringen. Einem sowieso schon „Unfalltoten" zu ungewolltem Weltruhm zu verhelfen – na ja, damit hätte ich mich vielleicht noch anfreunden können, aber der Fischer erklärte, die Haie würden nach Vorschrift sofort wieder ins Meer geworfen, egal, ob sie anderswo auf der Welt zu teurer Suppe verarbeitet werden könnten oder nicht.

Mehr und mehr hatte ich das Gefühl, dass wir unseren mühsam erworbenen persönlichen Respekt bei Herrn Mohamed verlieren würden, wenn wir weiter nach toten Haien fragten. Ich versuchte noch, für unseren morgigen – letzten – Ari-Tag eine Schnorcheltour zu einem sehr exklusiven „Sharkpoint" zu organisieren, einem Unterwasserberg, an dem es von Haien nur so wimmeln sollte, dessen Standort aber nur der Fischer kannte. Aber die Aktion hätte zehn Stunden Bootsfahrt bedeutet und dann stellte sich auch noch heraus, dass der Fischer sowieso gar nicht konnte, weil er dringend nach Malé musste.

Je mehr ich darüber nachdachte, desto deutlicher sah ich nur zwei Möglichkeiten. Erstens, auf den Anblick eines Haies ganz zu verzichten und ihn low-budget-gemäß nur über Kinokonventionen, also indirekt zu erzählen. *Dadumm, dadumm!* Auch im „Weißen Hai" ist lange Zeit gar kein Hai zu sehen. Oder aber eine Ganzattrappe herstellen zu lassen, tarierbar und so stabil durchs Wasser zu ziehen, dass er sich an der Strippe nicht wie ein Angelblinker dreht. Außerdem schwebte mir vor, den Hai zum leichteren Transport in der Mitte zweizuteilen und die vordere armlange Hälfte als eine Art Handpuppe zu bauen, damit man die große Klappe bewegen kann.

Am Nachmittag begannen wir damit, das Drehbuch angesichts unserer neuen Erfahrungen auf Machbarkeit zu checken, im Vergleich zu der bisher recherchierten Realität. Wir kamen aber stattdessen auf tausend neue verlockende Ideen – für mich eine schwierige Phase, weil mir unser vorhandenes Skript plötzlich elend irrelevant und als eine Ansammlung beliebiger Gags vorkam. Dramaturgie ist ein hartes Geschäft. Man belügt sich zu leicht selbst, kann einen Stoff aber auch zu Tode feilen oder überfrachten.

Den Abend verbrachte ich damit, einen allerersten Ausstattungs- und Requisitenauszug zu machen und dann einen langen Bericht nach Hause zu verfassen. Dann saß ich noch eine Stunde allein auf einem Liegestuhl am nächtlichen Strand. Viele Kilometer entfernt, im Norden über dem Ari-Atoll, tobte ein gigantisches farbenprächtiges Tropengewitter. Über mir dagegen war der Himmel klar, bis auf einige überaus skurrile Wolken (ein perfektes Dreieck, ein Riesendonut). Ich starrte lange und still in den Himmel mit den in Äquatornähe schon sehr fremden Sternbildern. Ich dachte, wie allein wir im Universum sind, wie schwer und selten es ist, in einem kurzen Leben sein Glück zu finden, und dass ein besonders großes Glück vermutlich nicht wiederholbar sein würde und ich richtete an sieben Sternschnuppen denselben Wunsch.

12. Mai 2007

Unser letzter Tag auf Holiday Island. Während Stefan schon vor dem Frühstück in die Lagune sprang, drehte ich mich noch einmal um und versuchte, weiterzuschlafen.

Nach dem Essen machte ich eine Fotosession am Strand. Ich hatte noch nie so viele Bilder mit einer Videokamera geschossen und lernte die Sony langsam schätzen wegen der langen Brennweite und des Stabilisators. Ich ging ins Internetcafé und verschickte das gerade erst gemachte Voodoo-Foto. Der Gedanke, dass es innerhalb von Sekunden zu Hause zu sehen sein würde, war irgendwie aufregend. Ein paar Vorteile, dachte ich, hat die Globalisierung auch.

Wir hatten vor, uns nach Sun Island übersetzen zu lassen und dort ein einzelnes Dinghi zu mieten, um damit möglichst einem Hai zu begegnen. Stefan wollte gerne mit dem Dinghi umkippen und gegebenenfalls vor laufender Kamera mit dem Hai kämpfen. Wenn es zu brenzlig werden würde, sollte ich ihm helfen, sagte Stefan, indem ich dem Hai meine Finger in die Augen drückte. Okay. Es sollte eine Fütterung um 18 Uhr geben und wir planten, irgendwie den Fütterer zu bestechen, damit wir so nah wie möglich an die Haie herandurften.

Auf Sun Island angekommen, gingen wir aber erst einmal vor dem italienischen Restaurant baden, weil man uns gesagt hatte, dass sich dort das beste Hausriff der Insel befinden sollte. Wir stiegen eine Leiter direkt neben den Tischen hinab und sahen uns unter Wasser um. Es war grau und trübe und es gab nur ein paar Badewannenfischchen, keinen mord- oder sonst wie lustigen Hai, der mit Stefan ringen wollte.

Enttäuscht stiegen wir die Leiter wieder hoch, doch dann kam Stefan mit einem Pärchen ins Gespräch, die sich als XING-Kollegen entpuppten, was Stefan auch irgendwie sofort erkannte. Und die wiederum raunten geheimnisvoll, dort ganz weit draußen zwischen der dritten und der vierten Boje gäbe es manchmal Haie.

Unsere Blicke glitten hinaus zu den auf und ab tanzenden roten Bällen, ihr Abstand betrug jeweils vielleicht 50 Meter. Die See in der Lagune war bewegt und nicht gerade freundlich. Aber wir wollten abends noch guten Gewissens vor den Spiegel treten können, also kletterten wir das Treppchen wieder hinab und schnorchelten los, nachdem wir uns noch ausgiebig unserer gegenseitigen Solidarität im Falle eines Haiangriffs, d. h. Finger in die Augen, versichert hatten.

Die schlechte Sicht war wenig ermutigend, aber – Oh Wunder! – schon bei der dritten Boje überholte uns drei Meter tiefer tatsächlich ein sandfarbenes Prachtexemplar, das man nun wirklich schon nicht mehr Babyhai nennen konnte. Von der Länge her hätte ich jedenfalls in ihn hineingepasst. Aber der Mistkerl durchschaute unsere Pläne und da ihm sein Leben lieb war, suchte er binnen Sekunden das Weite. Ich hielt die Luft an und mit ausgestreckten Armen die Kamera drauf, ohne zu wissen, ob sie überhaupt an war.

Stefan hatte den Fisch auch gesehen. Wir paddelten und suchten noch lange – ohne Erfolg, dafür aber mit wachsendem Frust durch das trübe Schwabbelwasser. Meine Brille war, egal, was ich damit anstellte, dauerbeschlagen und im Sucher der Kamera sah ich sowieso absolut gar nichts. Das war unfair, das machte einfach keinen Spaß! Also verzogen wir uns schließlich ebenso wie der Hai.

Ich schnorchelte noch ein bisschen mit den Schmarotzerfischen, die unterhalb des Restaurants auf Abfall warteten, im Kreis um die Wette und sah, als ich gerade wieder die Treppe hinaufstieg, kurz vom Steg aus eine Schildkröte. Aber während ich noch überlegte, ob ich hinterherspringen sollte, war sie auch schon wieder verschwunden.

Wir gingen zur Tauchschule, wo Stefan die Tauchlehrer mit dem Ansinnen schockierte, bei ihnen gegen Honorar innerhalb einer Stunde richtig kraulen lernen zu wollen, damit er endlich nicht mehr immer gleich nach zehn Metern schlappmachte. Wir stellten unsere üblichen Dinghi-, Dhoni- und Haifragen, ohne wesentlich weiter zu kommen. Man war nicht unfreundlich, aber auch nicht besonders begeistert über unsere Pläne.

Stefan verabredete sich für 17 Uhr zum Kraulunterricht, dann gingen wir endlich den langen Steg von der vorgelagerten Insel mit dem Restaurant und dem Divingcenter hinüber zur Hauptinsel, zur Rezeption von Sun Island.

Der Hotelmanager, mit dem wir verabredet waren, hatte sich inzwischen verabschiedet, weil er gleich nach unserer Ankunft mit uns gerechnet hatte. Er war nach Malé gereist. Eine Begründung, die ich inzwischen schon so oft gehört hatte, dass ich überlegte, ob das die hiesige Formel für „unabkömmlich" war und ob die Leute bereits vor uns flohen.

Wir saßen mit unseren nassen Badehosen in violett-braunen krabbenförmigen Lobbysesseln aus Tropenholzimitat und unterhielten uns eine Weile mit einem wenig kompetenten oder gar autorisierten Hotelangestellten, der aber immerhin die Karte des General Managers herausrückte sowie die Zusage, dass das Hotel sich in unserem Auftrag um eine Drehgenehmigung kümmern würde. Worauf wir, zufrieden mit unserem Erfolg, erst noch den Swimmingpool testeten und dann über den Steg zurückliefen, um im italienischen Restaurant zu essen.

Stefan langweilte sich wohl und experimentierte voller Begeisterung mit dem Fressverhalten der Restaurantfische und dann mit meinen Nerven, als er mich fragte, wie viel Geld er ins Wasser werfen müsse, damit ich hinterherspringe. Natürlich hätte er es nicht getan – sagte er. Und ich dachte: Nein, es geht ums Experiment in Sachen Fressverhalten. Ich hatte seit meiner Ankunft auf den Malediven noch keinen Cent bezahlt, weil Stefan für meine sämtlichen Lebenshaltungskosten aufkam und ich darüber hinaus persönlich noch nichts gebraucht hatte. Aber als Ausdruck meines Verantwortungsbewusstseins für sein Geld versuchte ich ständig unterbewusst, wie es sich für einen guten Regisseur gehörte, sinnlose Ausgaben und Verluste zu vermeiden, notfalls auch gegen den Willen oder die Laune meines Mäzens, indem ich von sinnlosen Ausgaben abriet. Das war so in Fleisch und Blut übergegangen, dass ich vermutlich ohne viel nachzudenken das Geld „gerettet" hätte. Aber das hätte vielleicht die Grenze überschritten, innerhalb der unser Rollenspiel sinnvoll und fair erschien.

Ich muss dabei sagen, dass mich Stefan ansonsten absolut respektvoll behandelte und niemals herablassend – als Angestellten. Er machte mir Komplimente, bezeichnete mich als Genie, dessen Filmrechte man rechtzeitig aufkaufen sollte, und sagte mir immer wieder, dass er von mir lerne. Er gab mir das Gefühl, mich zu brauchen. Und er spielte nicht den Geldgeber, auch nicht subtil oder verdeckt. Im Gegenteil: Einen Großteil der Organisation, also die unangenehmere Arbeit, übernahm er freiwillig. Es war aber noch etwas anderes im Spiel: Sein unerschütterlicher Glaube, dass jeder Mensch reich werden kann (und sollte), wenn er nur will, ließ ihn unablässig pädagogisch wirken. Den lieben harmlosen jugendlichen Azubitypen, der auf Holiday Island das Internet verwaltete, bearbeitete er so lange, bis dieser sich als Affiliate bei Zanox anmeldete. Er müsse nur irgendeine eigene Internetseite besitzen, für die sich genügend Leute interessierten, dann könne er mit Werbung Einnahmen haben und womöglich der reichste Mann auf der Insel werden. Stefan zeigte ihm sogar seine Kontoauszüge, um ihn zu agitieren.

Mit einem gewissen Sarkasmus fragte ich, ob der junge Mann wohl glücklicher sein würde, wenn er der Erste wäre, der auf Holiday Island ein Auto fuhr. Dazu muss man vielleicht wissen, dass es dort keine Straßen gibt.

Jedenfalls musste heute kein Geld gerettet werden – vielleicht hätten wir ja so den Hai angelockt – und Stefan bezahlte das Essen in bar, weil wir auf unsere „104", die Zimmernummer von Holiday Island, einen Tag vor der Abreise keinen Kredit mehr bekamen.

Auf den wirtschaftlich miteinander verbundenen Inseln konnte man sonst überall mit seiner Zimmernummer bezahlen. Das war praktisch, man brauchte kein Geld mit sich herumschleppen, sondern unterschrieb nur einen Bon.

Der Kraulunterricht fiel aus, weil der Tauchlehrer zu müde war.

Und weil wir Helden ebenfalls müde waren, verzichteten wir auf die Haifütterung inklusive Ringkampf und abgebissene Gliedmaßen und tuckerten zurück auf unsere eigene Insel, wo Stefan über 1000 Dollar für unsere Extras hinblätterte und das eigentlich ganz in Ordnung fand, weil das meiste davon Bootstouren waren und damit direkt unserem Ziel, der Suche nach dem perfekten Drehort für „Dangerous Island", gedient hatte.

Nach dem Abendbrot zog es Stefan wie immer schnell ins Bett und ich tat endlich mal, was ich schon immer hatte tun wollen: Ich wanderte auf den nächtlichen Anlegesteg hinaus, dessen Ende hell erleuchtet war. Hier waren schon etliche Urlauber versammelt und erfreuten sich an einem beeindruckenden Schauspiel. Über dem türkis illuminierten Grund segelten tischgroße Schatten dahin, Stachelrochen von majestätischer Schönheit. Sie bewegten sich in Zeitlupe in Familien, einzeln oder in ganzen Wolken und waren entweder sandfarben wie der Untergrund oder schwarz mit grauen Sprenklern, wie Basalt. Es waren auch allerlei andere Fische unterwegs, die sich im Scheinwerferlicht tummelten wie auf einer Promenade. Gelegentlich kamen ein oder zwei kleinere graue Haie vorbei und verschwanden wieder in der Dunkelheit – dann machten die Touristen „Aaah!" und „Oooh!" und ich machte begeistert mit. So eine Vielfalt extraterrestrischer Lebensformen hatte selbst ich als alter Hobbytaucher noch nicht erlebt.

Es wurde eifrig gejagt, ab und zu brodelte das Wasser auf, wenn einer von den Typen Ernst machte. Einmal hörte ich ein Zischen und wie im Kino kamen mitten aus der Finsternis synchron zwei große Flossen herangeschossen, direkt an der Oberfläche. Die dazugehörigen Haie waren sicher ihre anderthalb Meter lang, wenn nicht mehr, mit schönen 50er-Jahre-Cadillac-Finnen.

Eine dünne japanische Schnorchlerin hatte sich voller Todesverachtung mit ihrer Hightech-Kamikaze-Fotokamera in das Tohuwabohu begeben und verscheuchte nach und nach alle Fische, indem sie sie anleuchtete.

Ich verließ den Jetty und ging ein letztes Mal den nächtlichen Strand entlang zu unserem Bungalow. Wie immer, wenn ich allein war, schimpfte ich mit einer gewissen abwesenden viele tausend Kilometer entfernten und mir doch so nahen Person, dass sie sich das alles entgehen ließ, welche nie mehr einen so schönen Abend mit mir erleben wollte. Ich konnte nicht verstehen, warum es diesen Riss im Universum gegeben hatte und für was ich da bestraft worden war. Hier zu sein, war ein unglaubliches Geschenk, aber gerade dass es so schön war, tat am meisten weh.

Ich packte und stellte den Wecker. Stefan schlief schon, als es klopfte und der Zimmerserviceman kam, um die Minibar im Kühlschrank durchzuzählen, bei Bedarf aufzufüllen und danach abzuschließen. Er fragte mich, ob Stefan mein Sohn, mein „Baby", sei, und als ich Stefan das später erzählte, lachten wir uns halb kaputt, obwohl es rein rechnerisch möglich wäre.

Ich setzte mich noch auf die Terrasse, schrieb, sah ins Weltall und beobachtete die beiden Hausgeckos, die *Geckgeckgeckgeck!*

machten, also mir Glück wünschten. Nach einer Weile begannen mich die Mücken zu fressen – zum ersten Mal, seit wir hier waren. Ich ging also rein und legte mich schlafen.

13. Mai 2007

6.15 Uhr war Wecken, 6.30 Uhr Frühstück. Bei Stefan, der abends nicht gepackt hatte, ging das so schnell nicht, also aß ich ein letztes Mal auf Holiday Island allein. Der Abschied fiel nicht allzu schwer, da schließlich ein weiteres Abenteuer auf uns wartete, das möglicherweise noch schöner und unvergesslicher daherkam.

Es ging auch gleich los damit, denn ich stieg zum ersten Mal in ein Wasserflugzeug, eine *Otter II*, so eine Wurst mit Flügeln, die zwar von innen größer aussah als aus der Ferne, aber man musste sich doch ganz schön zusammenquetschen. Seltsamerweise hatte ich trotzdem nicht das klaustrophobische Gefühl wie in einem Düsenjet und – von einer freudigen Aufgeregtheit mal abgesehen – auch keine Flugangst, obwohl Stefan sich alle Mühe gab, meine Fantasie anzuregen, indem er sich laut ausmalte, wie es wohl in der Kabine nach einem Sturz ins Wasser aussehen würde und ob man wohl eine Chance hätte, sie zu verlassen, bevor es das Wrack zu Davy Jones zog.

Im ruhigen Wasser der Lagune startete die Maschine wie auf Schienen und bald lenkte uns der barfüßige Co-Pilot in einer schönen Kurve über Sun Island mit einem Blick auf die Hochzeitsinsel Tholofushi, über das Außenriff und einige der Inseln, die wir gleich am zweiten Tag besucht hatten.

Kaum in der Luft, landeten wir auch schon wieder, um weitere Reisende aufzunehmen. Wir wasserten genau neben jener Insel, auf der wir die 20 Dollar berappt hatten. Ich hatte die Kamera fast nonstop laufen und konnte jederzeit sagen, wo wir uns befanden und wo wir gleich hinsehen würden. Das alles war jetzt zu einer bekannten Gegend, einer vertrauten Ecke geworden und sicher werde ich mich noch lange daran erinnern, egal, ob wir hier jemals drehen würden oder nicht. Man vergisst so viel im Leben, aber einige erste Erfahrungen kann man mit Sicherheit als bleibend betrachten, sie sind schon Klassiker, noch während sie geschehen, so, wie der Anblick unserer Oase in Douz oder mein erster Drehtag im Ölfeld in Amerika oder der erste Abend mit der großen Liebe – oder der letzte. Manches verliert nie an Bedeutung, ist absolut einmalig und wird sich immer reproduzieren.

Aus der Luft bekam ich erst einmal eine Vorstellung davon, wie weit die Atolle auseinander liegen und was für eine Entfernung wir mit dem Speedboot zurückgelegt hatten.

Wir saßen auf der richtigen Seite und hatten beim Anflug einen guten Blick auf die Hauptstadt Malé. Die dicht gedrängten Häuser machten einen bunt zusammengewürfelten Eindruck. Von den paar hunderttausend Einwohnern der Malediven leben allein 75 000 auf der Hauptinsel. Es ist die Hauptstadt auf der Welt mit der höchsten Einwohnerzahl pro Quadratmeter.

Der Wasserflughafen der „Transmaledives Airlines" hatte einen Wartesaal direkt am Kai, wo wir jeder – mit Messer und Gabel – eine saftige reife Papaya aßen. Es gab Wireless LAN und ich schaffte es beinahe, mit meinem Handy eine Mail nach Potsdam zu schicken, doch da ging es auch schon weiter.

Bei diesem Flug stiegen einige sehr nette, aber auch sehr dicke Deutsche zu, die kaum durch den Gang kamen, und es ist mir bis heute ein Rätsel, wie sie es schafften, sich zu zweit auf die Sitze zu quetschen und dann auch noch nebeneinander anzuschnallen. Alle Panikfantasien über eine Notevakuierung gewannen noch einmal schlagartig an Gewicht, immerhin machten unsere übergewichtigen Mitpassagiere selbst ihre Witze darüber. Eine dralle Dame zeigte auf die vielleicht 50 Zentimeter breite Notausgangstür und lachte nur schallend.

Wir hoben ziemlich vorsichtig und langsam ab und dann ging es nach Nordwesten, gut 100 Kilometer quer durch das Malé-Atoll, wieder über die offene See und schließlich in das Baa-Atoll hinein zum sagenhaften Reethi Beach Ressort, der Insel Fonimagoodhoo.

Ein Münchner Zahnarzt, dessen Praxis ich vor ein paar Wochen fotografiert hatte und der hier immer zu Weihnachten Tauchurlaub macht, hatte mir erst am Abflugtag per Telefon diese Insel empfohlen, weil sie so wunderschön sei und es ringsherum noch viele unbewohnte Inseln gäbe.

Er hatte nicht übertrieben. Schon im Anflug sahen wir ein halbes Dutzend runde grüne „Spiegeleier" in der blauen Lagune braten, darunter kurz vor der Landung eine, deren Palmenbewaldung nicht flächendeckend war, sondern aus einem Ring bestand, während es in der Mitte eher nach Gras und Busch aussah, und die noch ein winziges vorgelagertes Mini-Inselchen besaß. Dann setzten wir etwas rütteliger als vorher in der Nähe des Hauptsteges der Insel Fonimagoodhoo auf und wurden bald darauf mit einem himmelblauen Dhoni zum Anleger gebracht.

An der Rezeption stellte sich uns eine kleine blonde Mirijam vor, eine deutsche Angestellte, die hier schon seit zwei Jahren lebte und die wir gleich in unsere Pläne einweihten. Sie machte umgehend kluge Vorschläge und versprach uns, für den folgenden Tag eine Rundtour zu organisieren.

Der Weg vom Eingang der Insel zu unserem Wasserbungalow war noch länger als auf Holiday Island. Es ging vorbei an zwei Restaurants, der Tauchschule, einem Wellnesscenter – „Spa", wie man hier sagt –, der riesigen Squashhalle und den Tennisplätzen bis ganz ans Ende der Insel, wo ein paar Wasserbungalows halbkreisförmig auf Stelzen vor die Insel gebaut sind.

Die Überraschung aber war, dass es nur ein großes Bett in dem Raum gab. Es hatte ursprünglich geheißen, dass auf Reethi Beach gar keine Zimmer zur Verfügung stünden, unser guter Deskmanager auf Holiday Island hatte das schon herausgefunden. Aber Stefan hatte seine eigenen Recherchen gemacht und plötzlich gab es doch noch ein Zimmer. Jetzt wussten wir, warum.

An einer Wand war wenigstens eine Art geräumige Sitzecke, die Stefan sich als Bett beziehen ließ, und ich versprach, mit ihm im Wechsel zu tauschen, wenn es sehr unbequem sei.

Als wir nach dem Internet fragten, traf uns fast der Schlag – 20 Cent die Minute. Und als wir das nächste Mal fragten, waren es schon 40 Cent – und das bei einer Modemverbindung. Wir versuchten, für die verbleibenden vier Tage eine Pauschale zu vereinbaren, aber bei der hätten wir bei den vorhandenen Preisen vier Stunden täglich im Netz sein müssen, damit sie sich gerechnet hätte. Ich verzichtete also schweren Herzens darauf, frische Inselnachrichten nach Hause zu liefern.

Dann nahmen wir uns das Hausriff vor, das gleich hinterm Bungalow lag, und schnorchelten fast eine Stunde lang.

Das Riff begann zunächst mit einigen Metern Korallenschutt und es wurde langsam tiefer – erst von einem halben Meter, wo man wegen des aufgewühlten Sandes kaum etwas sehen konnte, über ein paar abgestorbene Korallen zu den ersten noch lebenden Exemplaren, da war es schon ein bis zwei Meter tief. Und dann stürzte das Riff plötzlich mehr als senkrecht in eine undefinierbare blaue Tiefe hinab, man konnte die Wand etwa 20 oder 30 Meter tief hinabsehen, ohne dass sie sich wieder abflachte. Man hatte den Eindruck, als würde die Insel auf einem Stiel stehen. Und hier draußen war der Fisch los! Ganze Wolken der verschiedensten wunderschönen Arten, deren Namen ich leider schon lange vergessen hatte, tummelten sich hier. Es war fast nur Kleinvieh unterwegs, aber gut anzuschauen. Es war wie auf einer Promenade, gemächlich flanierte alles in verschiedenen Höhen an der Riffwand entlang, in Schwärmen oder einzeln. Man reihte sich als Schnorchler ein, paddelte und schaute. Nur einmal zuckten alle Fische gleichzeitig wie unter einem Elektrostoß zusammen und flohen in alle Richtungen. Leider sah ich – trotz aufgeregten Hin- und Herblickens – nicht die Ursache für den Schreck. Natürlich hofft man immer auf den spektakulären Großwildjäger. Gelegentlich kamen dafür andere Schnorchler oder Pärchen des Weges, die einen entweder verschämt ignorierten oder überschwänglich begrüßten.

Stefan machte sich bald alleine davon, zurück zum Bungalow, und er sah dicht am Strand einen Rochen, der ihn einige Zeit begleitete.

In einem Restaurant, das auf Stelzen im Meer steht und 24 Stunden geöffnet hat und wo ein Salat 18 Dollar kostet, verabreichten wir uns ein spätes Mittagessen. Dann zeigten wir Mirijam meine Videoaufnahmen vom Anflug. Sie rätselte mit uns, welche Inseln ich da wohl aufgenommen hatte, und ich sagte ihr, welche uns gefielen, um einen möglichst sinnvollen Plan für den Trip am nächsten Tag zu machen. Wir einigten uns fürs Erste auf sechs Inseln in der unmittelbaren Umgebung.

Danach eilten wir zu einem am selben Strand liegenden Steg, an dem täglich Fische gefüttert wurden. Dort kreisten im flachen Wasser mindestens ein Dutzend riesige Rochen, die uns mächtig beeindruckten, besonders wenn sie sich bis auf den Strand spülen ließen und dort auf dem Trockenen mit den „Flügeln" schlugen, um sich mit der nächsten Welle wieder zurück ins Meer ziehen zu lassen. Sie erinnerten in ihrer Form an die Facehugger in „Alien", es wurde ziemlich deutlich, wo sich HR Giger hatte inspirieren lassen. Auch einige Haie eilten vorbei, aber der traurige Star des Abends war ein toter zwei Meter langer Merlin, den Fischer, die gerade ihren Fang an Land brachten, von ihrem Boot ins Meer warfen und von da aus an Land zogen.

Stefans Gedanken kreisten fortan – anstelle des toten Hais – um den toten Schwertfisch. Wir könnten ja mit so einem drehen, meinte er. Aber ich machte ihn darauf aufmerksam, dass der Ärmste sehr unfilmisch mit dem Bauch nach oben schwamm und auch mit ihm einige eklige Basteleien nötig wären.

Nach einer gemeinsamen Halbrunde durch den westlichen Teil von Reethi inklusive Sonnenuntergang legte mein vorübergehender Ernährer noch einmal 26 Dollar pro Nase für ein malaiisches Büfett hin, von dem ich jedoch kaum etwas essen konnte, weil fast alle Köstlichkeiten aus Fisch bestanden. Es schien ihm aber nicht leid ums Geld zu sein, schließlich, so rechnete er mir vor, bekomme er für jeden Euro einen Dollar so und so viel, da sei das alles nicht so schlimm. Ich nickte ergeben und fragte mich zum tausendsten Mal, warum der Mann sein Geld nicht einfach behielt und sparte, hatte er mir doch genau erklärt, wie wichtig Sparen sei.

Dann hasteten wir im Dunkeln über vermeintliche Abkürzungen zu unserer Seite der Insel, weil Stefan irgendetwas nicht bekommen war und er ganz schnell aufs Klo musste. Wir lernten, dass der Dschungel, selbst ein unkrautgezupfter und gefegter, bei Nacht anders aussieht als am Tag. Das hier war weiß Gott keine Wildnis, aber man stolperte schon ziemlich übel umher, wenn die Sonne nicht schien. Während ich die Sache durchzuziehen versuchte und im Zickzack durchs Geäst wuselte, nahm Stefan schließlich den längeren, aber schnelleren Weg am Strand entlang.

Ich verschickte einige SMS an Verwandte und Freunde – als Mail-Ersatz, um zu erinnern, dass ich noch lebe.

Das Baa-Atoll liegt in einer eigenen Zeitzone, wie es hieß, um den Touristen eine Morgenstunde mehr zu gönnen, obwohl es denen in ihrem Jetlag herzlich egal sein dürfte. Ich suchte lange nach einer entsprechenden Weltstadt, um die Uhr in meinem Palm-Organizer zu stellen, damit der Wecker funktionierte, und ich fand schließlich als Entsprechung Kabul.

Von abends 9 bis 12 Uhr afghanischer Zeit saß ich also noch auf der Terrasse unseres Bungalows, lauschte dem Plätschern der Wellen unter mir, sah hinauf in die Sterne und schrieb.

14. Mai 2007

Ich erwachte fünf Minuten vor dem Wecker und saß gerade auf dem Wasserbalkon, als er lospiepte.

Ich hatte mich schon gewundert, warum Stefan nicht wie immer vor mir auf den Beinen war, aber er jammerte nur gequält, er hätte kaum geschlafen, weil das provisorische Sitzecken-Bett viel zu hart gewesen sei. Gerne versprach ich, für die nächste Nacht mit ihm zu tauschen, hatte ein berühmter Arzt doch einmal gesagt, man schliefe am gesündesten unterm Bett. Es war nur außerdem noch höllisch eng und die Wand war mit einer speziellen Technik gestrichen, sodass sie aus lauter erstarrten Farbtröpfchen bestand. Sie war rau wie eine Haifischhaut und kratzte, wenn man beim Umdrehen dagegenstieß.

Das Frühstück war noch üppiger als auf Holiday Island, aber der hiesige Eierbratkoch war eindeutig ein Anfänger. Dafür gab es zusätzlich zu den Zwiebeln gehackten Paprika, von dem ich mir ein paar Extraportionen ins Omelett backen ließ.

Mit dem blauen Dhoni, das uns auch vom Flugzeug abgeholt hatte, begann unsere Sechs-Inseln-Rundtour. Als Erstes ging es zu einem etwas weiter entfernten Eiland namens Milaidhoo. Wir kletterten aufs Dach des Dhonis, auf das Haie, Delfine und Rochen gemalt waren, und ließen uns den Fahrtwind um die Ohren wehen. Von Seekrankheit war – trotz allerhand Geschaukel – keine Spur, ich kam mir vor wie ein waschechter Seemann. Touristenromantik. Aber wenigstens war ich kein Tourist, sondern ein Filmemacher bei der Arbeit. Ganz was anderes, oder?

Die Sicht von hier oben war grandios. Rund um das Reethi Beach Ressort gab es tatsächlich eine beruhigende Menge kleiner Inseln, jede mit einem türkisfarbenen Riff, einem schmalen weißen Strand und süßen kleinen Kokospalmen. Wir waren zum Glück von unserer Ursprungsidee einer Ein-Palmen-Klischee-insel abgerückt, weil sich so etwas als quasi unauffindbar erwiesen hatte, und wir waren bereit, unserem Kannibalen wenigstens ein kleines Wäldchen zu gönnen, damit er den Postmann ein bisschen durch die Gegend jagen konnte. Jede dieser Inseln erfüllte eigentlich diesen Zweck, es kam also nur noch darauf an, die Beste zu finden.

Unser Schiff zog ein Plaste-Dinghi hinter sich her, nicht so schön wie das im Süd-Ari-Atoll, aber doch irgendwie bemitleidenswert winzig. So kleine Boote machen eine Menge Sinn hier. Sie sind optimiert, gerade groß genug, um ein paar Leute überall an Land zu bringen, und handlich genug, um schnell per Hand ausgesetzt und wieder an Deck gehievt zu werden. Und sie wären perfekt für einen mickrigen Comicpostmann mit seinem einen mal einen Meter großen Karton.

Als die Besatzung das Dhoni vor Milaidhoo stoppte und das Dinghi zum Übersetzen vorbereitete, verzichteten wir schon aus Gewohnheit großzügig auf den Luxus einer trockenen Überfahrt und sprangen mit unserem Schnorchelzeug über Bord. Ich ahnte, dass wir das dann zukünftig immer so machen müssten, womit ich Recht behielt. Aber es ging wesentlich schneller so und war natürlich auch abenteuerlicher und schöner.

Man sieht nach dem Reinspringen erst nur Milliarden weißer Luftblasen und dann – so weit das Auge reicht – marineblaue bis azurblaue Tiefe, die sich langsam zu helleren Sandflecken und dunkleren Felsen strukturiert. Wenn man Glück hat, landet man gleich in einem Schwarm Fische, die den Eindringling überrascht anglotzen und dann schnell das Weite suchen. Man dreht sich, um möglichst schnell zu wissen, was eigentlich die Schiffsschraube so treibt. Manchmal dreht sie sich und kommt einem bedrohlich nahe, wenn die Besatzung wegen der Dünung manövrieren muss, manchmal steht sie auch still. Jedenfalls ist es Zeit, loszuschwimmen, sonst zieht einen die oft sehr heftige Strömung sonst wohin. Das Unterwassergelände steigt mehr oder weniger steil an. Man erkennt zwischen den Felsen die ersten Korallen und noch mehr Fische, Schnapper und Drücker und Barsche und Papageienfische und was weiß ich alles, aber nie den Hai, nach dem man eigentlich Ausschau hält, der hat sich nämlich längst verdrückt. Die Dünung zieht dich hin und her, mal saugt sie dich zurück, mal schiebt sie dich sanft in Richtung Ufer, mal geht es in fröhlicher Schussfahrt links oder rechts auf ein scharfkantiges Riff zu.

In Milaidhoo war ich ziemlich schnell an Land, weil das Dhoni nahe zum Ufer konnte, wegen des steil ansteigenden Riffs. Ein paar Flossenschläge reichten aus, dann hatte ich Grund unter den Zehen. Es ist dann immer noch das eigentliche Abenteuer, die Flossen von den Füßen zu kriegen, besonders bei Seegang, da man nur bis zu einer gewissen Tiefe damit schwimmen kann. Es gibt dann zwei Möglichkeiten. Erstens, sich einen korallen- und steinfischfreien Sandfleck suchen, sich auf den Hintern setzen und sie von den Füßen reißen, bevor einen die nächste Welle umhaut und über scharfkantige Korallenreste an den Strand spült. Zweitens, sich mit dem Rücken zum Strand hinstellen und rückwärts aus dem Wasser gehen, was bei Seegang auch nicht immer so klappt und außerdem ziemlich albern aussieht, aber wenigstens hat man dann als Schutz immer noch ein bisschen Gummi auf der Sohle.

Milaidhoo gefiel uns nicht so sehr, da es einen alten verrosteten Steg gab und unmittelbar hinter den ersten Büschen das weiße Skelett eines zerstörten Hauses mit reichlich Müll drumherum. Ein paar offene Sandflecken und Trampelpfade führten in den Dschungel. Wäre es die einzige Insel gewesen, die uns zur Verfügung gestanden hätte, wären wir sicherlich sehr froh mit ihr gewesen, aber allein schon die Entfernung zum Ressort sprach gegen eine Verwendung.

Ganz anders Vaadhoo, was eigentlich eine Abkürzung von Madhirivaadhoo ist.

Schon beim Anflug war uns die Insel aufgefallen, weil sie nur aus einem Waldgürtel bestand. In ihrem Inneren sah es eher wie Gras- und Buschland aus.

Mirijam hatte berichtet, es hätte früher im Innern der Insel einen See gegeben, der nun vermutlich zugewachsen sei. Leider würden dort aber auch reichlich Mücken brüten.

Die Strömung vor Vaadhoo war sehr stark, aber das Riff war schön und lebendig und wir kamen heil an Land. Ich ließ meine Flossen einfach am Strand liegen und wir fanden an der Strandseite zwei kreisrunde Löcher im Uferdickicht, durch die man aufrecht hindurchmarschieren konnte. Dahinter kam man auf eine Lichtung mit beeindruckend hohen und gebogenen Kokospalmen. Wir fanden einen Pfad und folgten ihm in dichteres Gestrüpp.

Stefan war vorausgeeilt und rief mich, ich sollte schnell kommen. Eine Krabbe von der Größe eines kleinen Hundes lief eilig vor ihm her und versteckte sich unter einem Palmenstamm. Von dort aus starrte sie uns mit ihren Stielaugen an. So etwas hatte ich auch noch nie gesehen und hielt begeistert die Kamera drauf. In den meisten unserer Filme waren schon die unterschiedlichsten Tiere vorgekommen und dieses seltsame Geschöpf kam sofort mit auf die Castingliste.

Wegen der üppigen Vegetation und der exotischen Geräusche hatte ich schon das Wort „Jurassic Park" im Hinterkopf, aber dann verschlug es mir doch voll die Sprache: Wir waren auf eine viel größere Lichtung gelangt, die vermutlich früher mal der See gewesen war. Hier sah es aus, als hätte man Tim Burton den Auftrag erteilt, den Garten Eden nachzubauen. Efeuartige Ranken hatten Bäume und Büsche in die absonderlichsten Skulpturen verwandelt. Direkt uns gegenüber stand etwas, was wie ein klassisches Spukgespenst mit einem grünen Laken aussah, aber es gab auch Dreiecke, Kugeln, Türme und Tierformen und als Krönung einen gigantischen Stinkefinger, der warnend gen Himmel wies.

Stefan kam auf die Idee, diese Location der „Indiana Jones 4"-Crew zu melden, die in wenigen Tagen mit den Dreharbeiten beginnen würde, aber ich protestierte. Für Indy 5 gerne, aber erst mal wollten wir selbst hier drehen – „Dangerous Island" Teil 1!

Wir setzten unseren Rundgang durch den Uferwald im Uhrzeigersinn fort. Der Weg verzweigte und verlor sich zuweilen, wir mussten klettern und suchen. Überall gab es kleine Krabben, die sich vor uns in Muschelgehäusen, Baumspalten und Erdlöchern versteckten. Ein großer Raubvogel schwebte mit schweren Flügelschlägen vorbei und verschwand in einer Palmenkrone.

Am gegenüberliegenden Ende der Insel schlugen wir uns durchs Gehölz bis zu der kleinen vorgelagerten Insel durch, die wir schon von Reethi Beach aus bewundert hatten. Sie war vermutlich vor nicht allzu langer Zeit noch fester Bestandteil der eigentlichen Insel gewesen. Man hatte uns erzählt, dass der Tsunami überall die Strände auf der Ostseite abgetragen hätte, hinzu kamen Erosion und der dauernde Wellengang durch die Zerstörung der Riffe. In viele Riffe waren in früheren Jahren Fahrrinnen gesprengt worden, was jedoch die Strömungsverhältnisse und das natürliche Hin und Her der Sandmassen bei den monsunbedingten Richtungswechseln des Windes störte, sodass die runden Strände allmählich verschwanden und mit ihnen ganze Inseln. Bei über 1000 Inseln, von denen nur 200 bewohnt sind, wächst das Bewusstsein für eine akute Gefahr nur langsam. Insofern waren der Tsunami und die nachfolgende Aufmerksamkeit fast ein Glück für die Region, denn jetzt werden Aufschüttungsprojekte gestartet, Naturschutzbestimmungen durchgesetzt und es macht sich ein ganz anderes Denken stark.

Auf dieser Seite der Insel prügelte das Meer tatsächlich mit ungebremster Wucht mitten in den freigelegten Dschungel zwischen die ausgespülten und frei hängenden Bäume, was immerhin sehr malerisch und wild aussah. Aber gleichzeitig packte mich der Schrecken, wie es hier in ein paar Jahren aussehen würde bzw. ob dann überhaupt noch etwas da sein würde.

Die Vorinsel war durch einen mehrere Meter breiten Durchfluss abgetrennt, durch den die Strömung hindurchschoss, und ich watete hinüber, um zu sehen, ob sich etwas von dieser tragischen Schönheit für unseren Film eignen würde.

Stefan war bis hierher barfuß vorangelaufen, musste aber nun angesichts der spitzen Steine zurückbleiben, diente mir dafür jedoch als Größenvergleich für die Kamera. Leider war schon wieder das Gehäuse von innen beschlagen, sodass die ganze Aktion relativ unnütz erschien. Immerhin wusste ich von früheren Vorführungen im Hotelzimmer, dass bei beschlagener Scheibe mit etwas Glück auch schöne, wenn auch arg neblige Bilder entstanden.

Wir beendeten unseren Vaadhoo-Rundgang für heute, indem wir durch das zweite Buschloch wieder in die gleißende Helligkeit des Strandes traten. Dort begegneten wir einem Pärchen, das mit einem Kajak von Reethi Beach aus herübergepaddelt und nun wegen der Strömung völlig erschöpft war. Hilfe lehnten sie ab, also schnorchelten wir zurück zu unserem Dhoni und setzten die Erkundungsfahrt fort.

Bei Milaidhoo hatte die Crew die Leiter am höher gelegenen Bug des Schiffes herabgelassen, sodass sie lose und viel zu hoch umherbaumelte, und es hatte Mühe und blaue Flecken gekostet, um damit überhaupt wieder an Bord zu kommen. Die Jungs waren zwar sehr freundlich, machten aber bei den An- und Ablegemanövern – vorsichtig ausgedrückt – keinen hundertprozentig kompetenten Eindruck. Bei der starken Strömung um die Insel Vaadhoo hatte es mehrere Anfahrten gebraucht, um uns wieder an Bord zu kriegen, ohne das Schiff aufs Riff oder uns in die Schraube zu bekommen.

Die Besatzung servierte nun zwei große Teller mit Papaya und Kokosstücken. Ich griff mir einen und nass und erschöpft wie ich noch war, rutschte ich aus und schlug damit lang auf Deck hin. Alle waren erschrocken, weil ich nicht gleich wieder aufstand, aber dann polkte ich noch im Liegen die Papaya von Deck und aß sie. Ein blauer Fleck mehr oder weniger war inzwischen eh schon egal. Die Kokosstücke wurden aufgesammelt, abgespült und erneut serviert. Sie schmeckten nun salzig, aber trotzdem gut, und sie sättigten und erfrischten.

Nach so einem Knaller wie Vaadhoo waren die folgenden drei Inseln nur noch durchschnittlich interessant. Wir konnten es uns bereits leisten, wählerisch zu sein, und wir gingen, wenn sie zu sehr von anderen Inseln umringt waren, sich also als „einsame Insel" nicht eigneten, schon gar nicht mehr an Land. Nur die letzte Insel, Dhandhoo, war noch einmal spannend, da sie sehr nah an Reethi liegt, relativ klein ist und eine schöne Küste hat. Am Strand stand ein einsamer Holzsonnenschirm mit zwei verwitterten Holzliegen. Für einen Dreh würde man ihn entfernen können, aber andererseits sahen die einsamen Hotel-Utensilien schon wieder so traurig aus, dass wir überlegten, sie in den Film einzubauen.

Wir umrundeten Dhandhoo ein Mal komplett gegen den Uhrzeigersinn zu Fuß, wobei wir auf der abgewaschenen Seite wieder ein ganzes Stück durchs Wasser waten mussten. Aus irgendeinem dummen Grund war ich dieses Mal barfuß. Mücken gab es hier auch. Zum ständig beschlagenen Kameragehäuse kam nun auch noch hinzu, dass der Akku plötzlich alle war, sodass ich außer gucken nicht viel Sinnvolles anstellen konnte, wissend, dass ohne Bilder nach ein paar Tagen alle Inseln für uns gleich sein würden.

Griesgrämig fluchte ich vor mich hin, wenn ich im Meer auf etwas Spitzes trat oder ein schönes Motiv sah, das ich nicht aufnehmen konnte. War das schon der Inselkoller? Hatte ich keinen Blick mehr übrig für die Schönheit, die uns umgab? Ich war an einem der schönsten Flecken der Welt unterwegs und war kein bisschen froh darüber …

Einen richtigen Weg oder Zugang zum Dschungel fanden wir nicht und verschoben die Suche auf ein anderes Mal. Dhandhoo lag trotz der Nähe zur Hotelinsel fast alleine zum offenen Meer hin und war auf den ersten Blick ganz hübsch, sodass wir die Insel als guten Ersatz einstuften, falls wir auf unserem Favoriten, Vaadhoo, nicht würden drehen können.

Während des Rückwegs ließ Stefan sich in dem kleinen weißen Plaste-Dinghi hinter dem ziemlich schnellen Dhoni herziehen. Er klammerte sich irgendwo in der Nussschale fest und ab ging die Fahrt! Ein Spaß, gegen den jede Disney-Attraktion vermutlich ein müder Spaziergang war. Obwohl die Batterien schon leer waren, probierte ich noch einmal einen Schuss und bekam Stefans Todesritt tatsächlich für wenige Sekunden in die Kamera. So hatte jeder noch ein Erfolgserlebnis, aber mir wurde auch plötzlich bewusst, wie unterschiedlich unsere Ansprüche an eine spaßige Einlage waren.

Wir waren so satt vom Kokos, dass wir aufs Mittag verzichteten und uns einen ruhigen Nachmittag im Bungalow gönnten. Ich war vom großen Bett in die Sitzecke umgezogen und richtete mich mit den vielen roten, gelben und grünen Kissen am Fußende meines neuen Bettes ein – mein Katzenplatz. Hier sah man durch ein Extrafenster direkt aufs Meer und so schrieb ich meine neuesten Erlebnisse nieder und dachte an meine Katze zu Hause.

Später gönnten wir uns ein frühes Abendbrot, ich aß ein üppiges Clubsandwich.

Einen Steg weiter war wieder Fischfütterung angesagt und wir gingen hinüber. Ein Hotelangestellter stand mit den Füßen im Wasser und verfütterte aus einem Plasteeimer blutige Fischstücke an die Rochen und Haie, die ihm direkt auf die Pelle rückten. Dabei handelte es sich immerhin um bis zu zwei Meter große Stachelrochen und die Frechsten von ihnen krochen direkt auf seine Füße. Er hob den schlabberigen Rand an und schob ihnen die Brocken direkt zwischen die Zähne. Hin und wieder wusch er sich die Hände im Salzwasser, vermutlich, damit die Haie sie nicht für Fisch hielten und abbissen. Manchmal waren drei, vier Viecher prustend und grunzend um ihn herum und bettelten wie schlecht erzogene Hunde um Futter. Gelegentlich warf er ein Stück etwas weiter weg, es entstand ein kurzes Brodeln und dann hatte sich einer von den Schnelleren seinen Brocken geschnappt. Der Champion war eine Art kleiner Thunfisch, der schon, wenn der Happen in der Luft war, wie eine Rakete losschoss, um ihn möglichst noch im Flug zu erwischen.

Ab und zu verdunkelte sich das Wasser und ein Wesen wie aus einer anderen Welt, eine gut drei Meter lange bizarre Mischung aus Rochen und Hai, schob sich den Grund hinauf in Richtung Ufer – ein Gitarrenhai. In flachem Wasser ließ er eine beeindruckende Finne gucken und ich machte ein paar schöne Pseudo-Haiaufnahmen. Das Monster begleiteten stets hautnah zwei kleinere verschiedenartige Haie.

So ging es immer herum wie ein Karussell und selbst lange nach der Fütterung kamen die Rochen immer noch mal in langsam größer werdenden Abständen vorbei, so, als könnten sie noch gar nicht fassen, dass das Wunder von Fonimagoodhoo, wo blutiger Fisch vom Himmel fiel, schon wieder vorbei war.

Ich drehte eine einsame Inselrunde und lichtete den Sonnenuntergang, die Wolken und die Nachbarinseln ausgiebig und in allen Formaten ab. Unterwegs sah ich, dass eine Abteilung uniformierter Arbeiter tatsächlich den Strand fegte, damit die empfindlichen Touristenfüße nicht auf spitze Korallen treten mussten, damit Reethi Beach einen weichen Sandstrand zu bieten hatte. Da nach jedem Sturm der Strand wieder voller neuer Korallenreste ist, kam es mir vor wie eine Sisyphosarbeit, aber vermutlich waren die Ärmsten froh, einen vergleichsweise gut bezahlten Job im Touristengeschäft zu haben.

Der Rest des Tages galt der Datenpflege, Videos vom Tage sichten und auswerten, Fotos sichern und diskutieren, Schreiben auf der Meeresterrasse und von abwesenden Wesen träumen.

15. Mai 2007

Ich hatte in dem schmalen Bett nur schlecht geschlafen, sodass ich wie gerädert und nur halbwach in den Morgen stolperte.

Nach dem Frühstück gingen wir vor zur Rezeption und buchten ein Schiff für morgen und schweren Herzens auch schon das Wasserflugzeug für übermorgen, für die Abreise.

Die Rezeption von Reethi Beach hat einen offenen Ausblick auf das Meer, größer als drei Scheunentore, und ich sah, wie ein Wasserflugzeug hüpfend auf einem Schwimmer landete, bevor es ganz aufsetzte.

Wir schauten bei der Tauchschule vorbei wegen Stefans Bedarf an Kraulunterricht – natürlich vergebens. Wir kamen aber mit einem deutschen Tauchlehrer, Matt, ins Gespräch. Mehr und mehr kamen wir zu der Hoffnung, dass unser Vorhaben für die Hotelcrew keine Belastung darstellen würde, sondern eine willkommene Unterhaltung und Herausforderung. Denn für die Belegschaft des Paradieses ist echte Abwechslung über die Touristenveranstaltungen hinaus eher selten.

Ich kaufte Postkarten und Briefmarken für horrormäßige 1,75 Dollar das Stück und schrieb an meine Lieben.

Wir gingen eine Runde schnorcheln, aber es war so trübe und die Strömung am Hausriff war so stark, dass wir uns bald aus den Augen verloren. Wie meistens war ich wegen meiner Flossen erst nach Stefan ins Wasser gegangen und als ich, wie verabredet, an der Riffkante ankam, war er nicht mehr aufzufinden. Ich suchte ihn noch ein Weilchen, versuchte, über die Wellen zu spähen, indem ich von unten wie ein Hering in die Höhe schoss und mich schnell in der Runde umsah, aber ohne Erfolg. Ich schnorchelte noch ein bisschen umher, ohne etwas Interessantes zu sehen, fotografierte ein paar Korallen und schwamm dann zurück – direkt bis zum Bungalow, wo Stefan bereits am Computer saß.

Danach hatten wir eine Audienz bei Peter Gremes, dem „Jam", wie man zum „GM", dem General Manager, sagt, einem sympathischen Deutschen, der erst seit fünf Wochen den verstorbenen Vorgänger ersetzte, aber schon eine beruhigende Kompetenz ausstrahlte.

Stefan erzählte ihm unsere Kannibalenstory, der „Jam" fing sofort Feuer, lachte und machte Vorschläge und Zusagen. Er bot unkomplizierte Hilfe an und meinte, bei einem Film dieser Größenordnung sei eine staatliche Genehmigung nicht nötig. Die umliegenden Inseln gehörten ihnen zwar nicht direkt, würden aber mehrmals wöchentlich für die so genannten „Robinsonpicknicks" besucht, sodass eine Nutzung in Eigenregie völlig problemlos sei.

Wir genehmigten uns ein Mittagessen in unserem 24-Stunden-Restaurant. Ich wählte einen „Cesars Salad" und schaufelte ordentlich rein, bis ich merkte, dass er – anders als auf der Speisekarte aufgelistet – ein paar fette Brocken rohen geräucherten Fisch enthielt.

Da die Nobelkantine auf Stelzen im Meer steht, konnte ich gleich zur Reling stürzen und dramatisch den Mundvoll ins Meer speien, zum Gaudi der Fische und Gäste. So war ich das Zeug schnell los, aber der penetrante Fischgeschmack drehte mir trotzdem den Magen um. Ich bestellte Brot und eine Portion Fritten, um ihn loszuwerden, aber nichts davon wurde gebracht. Auch Wasser und Cola, die schon auf dem Tisch standen, halfen nicht.

Stefan verstand überhaupt nicht, warum ich mich so seltsam benahm, und ich versuchte ihm alle möglichen Beispiele für Aversionen zu nennen, z. B. „Stell dir vor, man sagt dir, du hättest Hund gegessen!" oder „Was wäre, wenn du auf etwas Verfaultes gebissen hättest?" usw. – doch jedes Mal zuckte er nur gleichgültig die Schultern, als täte er das sowieso jeden Tag. Um endlich einen anderen Geschmack im Hals zu bekommen, steckte ich mir ein halbes Stückchen Butter, das noch auf dem Tisch lag, in den Mund, was endlich einigermaßen half. Aber nun war es an Stefan, plötzlich kreidebleich mit seinem Mageninhalt zu kämpfen. Er presste die Hand auf den Mund und rutschte beinahe unter den Tisch, weil ihm der Gedanke an halb flüssige Butter offenbar den Schluckreflex verdrehte. Vermutlich waren wir eine interessante Abwechslung für die übrigen Gäste, die uns heimlich fasziniert hinter ihren Servietten anstarrten.

Die Fritten kamen gar nicht, aber endlich brachte der Kellner etwas Brot, mit dem ich mich wieder so weit in Form brachte, dass ich einen Blick auf die Dessertkarte werfen konnte in der Hoffnung auf einen positiven Abschluss der Katastrophe. Aber der Preis von 4,50 Dollar für eine winzige Portion Eis verdarb uns endgültig die Freude am Schlemmen.

Wir gesellten uns wie schon am Vortag zu den Schaulustigen auf dem Nebensteg, um auf die Fischfütterung zu warten. Ich hoffte, noch einmal ein paar brauchbare Haiflossen in die Kamera zu bekommen. Aber heute war das Wasser wegen der Regenfälle und Winde besonders trübe und der große Gitarrenhai hatte woanders zu tun, wodurch auch seine hungrigen Begleiter weniger zahlreich zu der Party erschienen.

Stefan trollte sich in Richtung Bungalow und ich drehte wieder meine Runde um die Insel, machte Strand- und Sonnenuntergangsfotos. Ich lichtete meine eigenen Füße zusammen mit schönen Muscheln sowie ein paar irre Tropenwolken ab, schaffte es endlich, einen der prähistorisch aussehenden Flughunde im Vorbeifliegen zu filmen, und ich machte blutrote Kitschbilder von meiner in 600 Metern Entfernung vor sich hin träumenden Lieblingsinsel Vaadhoo.

Bei meinem Spaziergang entlang der Urlaubshütten und neugierigen Blicken ins Innere fiel mir auf, dass sie alle nur ein großes Doppelbett hatten. Reethi Beach ist eine Honeymoon-Insel und ich nahm mir vor, Stefan darauf hinzuweisen, denn einer

Filmcrew würden wir nicht zumuten können, im Interesse der Sache 14 Tage lang zu kuscheln.

Stefan schnitt gerade auf dem kleinen Sony-Laptop an seinem Kurzfilm „Peters Journey", den er schon vor zwei Jahren gedreht und noch nicht fertiggestellt hatte.

Ich nutzte die Gelegenheit, mich für den Rest des Abends ein wenig nützlich zu machen, indem ich ihm mit dramaturgischen Ratschlägen und konkreten Kürzungsideen half. Es war schon eigenartig, hier – fernab der vertrauten Realität – an einem Film zu arbeiten, der in einer vergleichsweise profanen Umgebung zu Hause spielt, zumal eine gewisse mir am Herzen liegende Person darin vorkam.

Da ich danach zu müde zum Schreiben war, ging ich ausnahmsweise früh schlafen.

16. Mai 2007

Stefan hatte nachts die Klimaanlage abgeschaltet, sodass es unangenehm warm im Zimmer geworden war, aber ich schlief insgesamt besser, weil ich mich an die harte Unterlage gewöhnt hatte. Ich träumte wild und plastisch, so unter anderem extrem weitsichtige Unterwasserbilder von unserem Fütterungsstrand. Man konnte durch golden wie ein Sonnenuntergang gefärbtes Wasser hinauf zum Strand und zu den Palmen sehen. Vielleicht war ich im Traum der Gitarrenhai …

Das Geräusch von heftigem Regen weckte mich gegen fünf und ich filmte die großen Tropfen, die in der Morgendämmerung auf dem Geländer unseres Wasserbalkons aufschlugen. Dabei bemerkte ich, dass vor unserem Haus extreme Ebbe herrschte. Der langgestreckte Felsen, der sonst immer von Wellen bedeckt war, lag da wie der Rücken eines Urtieres und zeigte geradewegs auf Vaadhoo, das hinter einem Regenschleier geheimnisvoll am Horizont schlief.

Da ich das Wasser an dieser Stelle so niedrig noch nicht gesehen hatte, schossen mir sofort wieder Tsunami-Fantasien durch den Kopf. Das Meer – so war von Augenzeugen berichtet worden – hätte sich vor dem Angriff der Monsterwellen weit zurückgezogen, so, als hätte es vorher noch einmal tief eingeatmet. Sowohl Michael Crichton als auch Frank Schätzing hatten in ihren Tsunami-Bestsellern diesen Effekt beschrieben und in Interviews behauptet, Menschen das Leben damit gerettet zu haben, welche sich dank dieser Informationen rechtzeitig in Sicherheit gebracht hätten.

Mir wurde schlagartig meine unsichere Lage in einer zerbrechlichen Hütte am Rande einer Insel mitten im Indischen Ozean bewusst. Sollte ich schnell aufs Dach klettern oder auf eine Palme am nahen Strand? Oder sollte ich erst einmal so schnell wie möglich Stefan wecken und ihm erzählen, dass gleich die Flutwelle kommt? Bei der Katastrophe im Jahre 2004 war der Münchner Produzent Werner Possardt ums Leben gekommen, der sich für mein Drehbuch „Paddelboot" interessiert hatte. Er hatte mir eine freundliche E-Mail geschrieben, wir hatten einige Male telefoniert und eine rege Zusammenarbeit ab Anfang 2005 vereinbart – und dann fuhr er auf Hochzeitsreise nach Thailand. Dort lag er zwei Tage zusammen mit seiner jungen Frau unter den Trümmern seines Bungalows, wurde zunächst geborgen, starb dann aber bei der Notoperation in einem thailändischen Krankenhaus – und mit ihm mal wieder eine meiner Chancen auf einen Kinofilm.

Ich starrte hinaus in Dämmerung und Regen und strengte meine Augen so lange an, bis sie anfingen zu schmerzen und immer wieder zuzuklappen. Dennoch konnte ich nicht wieder einschlafen, ich saß an meinem Katzenplatz am Fenster, blickte aufs langsam heller werdende Meer und grübelte über unseren zukünftigen Film. Es ist immer ein seltsamer Moment, wenn das Drehbuch schon so weit fortgeschritten ist, dass man Entscheidungen treffen kann, aber noch nichts realisiert, alles noch völlig offen ist. Welche Gesichter, Orte, welches Image sind der Geschichte angemessen? Es stellen sich Weichen, die den Film später so oder so aussehen lassen, man kann Fehler machen oder durch Intuition oder Zufall geniale oder verhängnisvolle Wege einschlagen. Manches folgt Zwängen, manches kann durch Recherchen optimiert werden.

Im „Faust" heißt es: „Du gleichst dem Geist, den du begreifst!" So ist es auch mit einer Filmszene, mit Plots, Charakteren. Du kannst – abgesehen von glücklichen Zufällen – nur das auf die Leinwand bringen, was du bzw. dein Team euch ausdenkt, beschließt, findet. Nach Stefans Wünschen sollte unser Postmann ein armes kleines ausgebeutetes Würstchen sein, ein sichtlicher Sklave und Verlierer der Globalisierung, deutlich mickriger und

trauriger als der riesige fette und souveräne Kannibale. Ein Postmann, mit dem man Mitleid hat und mit dem man sich freut,
wenn er dann seinen Widersacher unerwartet mit den Waffen
der Globalisierung schlägt.

Unter anderem hatte ich mir in dieser Rolle einen Schauspieler und Freund vorgestellt, den „Bartholomäusss" in meinem Clownsstück „Kikerikiste", allein schon, um sein hartes
Mühen um die eigene Vervollkommnung als komischer und
dramatischer Schauspieler und seinen Kampf um gute Rollen
zu würdigen. Handwerklich wäre er der Rolle mit Hilfe einer
aufmerksamen Regie wohl gewachsen, wenn er auch noch kein
Rowan Atkinson ist. Aber mit seinen einsfünfundachtzig ist er
andererseits nicht gerade mickrig und bedauernswert und würde
vermutlich auch in keinen Topf passen.

Mein „Kleiner Chebab", der härteste Folterknecht der Antike
aus „Detective Lovelorn", fiel mir ein – frech, niedlich, durchgeknallt. Wäre nicht im Hinblick auf die Zielgruppe ein junger
Protagonist sinnvoll?

Oder wie wäre es mit einem berühmten Darsteller, einem
bekannten Schauspieler oder Komiker wie Dominique Pinon
oder Jamel Debbouze, der unserem Film neben einem exzel-
lenten Protagonisten auch mehr Aufmerksamkeit verschaffen
würde?

Ich nahm mir vor, noch einmal ausführlich darüber mit Stefan
zu reden.

Ich machte mir viele Gedanken um den Hai, der wie ein
Hofhund um die Insel patrouillieren, düster heranschwimmen
und gierig schnappend aus dem Wasser gucken sollte. Stefans
Idee, einfach einen toten Hai zu kaufen und durchs Wasser zu
ziehen, war im Prinzip nicht ganz unclever, aber ein toter Hai
schwimmt nicht, lässt sich nicht steuern, wird ziemlich bald
erbärmlich stinken und ist vor allem auf den Malediven illegal.
Ich hatte auch nicht vor, so ein armes Viech abzumurksen oder

durch Bezahlung abmurksen zu lassen, selbst wenn er für einen kleinen Film wie unseren noch so wichtig wäre.

Die Malediven haben schon lange erkannt, dass Haie nicht die blutrünstigen Bestien sind, für die man sie seit Steven Spielberg hält, dass sie im Gegenteil Tauchtouristen anziehen und wichtig für das Ökosystem der Riffe sind, und deshalb hat man sie hier generell unter Schutz gestellt.

Also brauchten wir einen Gummihai! Mir schwebte ein Exemplar von ein bis anderthalb Metern Länge vor – es ist ja eher ein niedlicher Comic-Hai – aus Gummi, Latex oder einem ähnlich elastischen Material, sodass er noch ein bisschen mit der Flosse wackeln kann, wenn man ihn durchs Wasser zieht. Er müsste tarierbar sein, sodass er mit dem Bauch nach unten schwimmt, und so zu stabilisieren, dass er sich beim Ziehen nicht dreht. Und ich hatte die schöne Idee, ihn koffergerecht in zwei Hälften zu teilen, wobei man die vordere Hälfte für Großaufnahmen wie eine Handpuppe bedienen könnte. Das wäre vermutlich eine schöne Aufgabe für eine Low-Budget-Animatronic-Bude in Berlin, jemanden wie „Dead Chicken" oder „Dr. Jones Lab", die schon bei „Detective Lovelorn" tolle Sachen gebaut hatten. Bei der Gelegenheit würden sicher auch ein paar gruselige Zutaten für die Kannibalensuppe abfallen, z. B. Menschenknochen oder -schädel, die es bei solchen Firmen meist auf Halde gibt.

Da es sicherlich nicht ratsam wäre, mit derartigen Utensilien als Tourist auf Malé einzureisen, würden wir das Innere des Topfes – den „Suppenshot" – im Atelier in Deutschland drehen und das Äußere – die Feuerstelle mit dem mannsgroßen Kessel – vor Ort. Damit es zusammenpasst, müsste man lediglich die Kelle mitnehmen.

Während ich darüber nachdachte, fiel mir dafür eine wesentlich bessere und spannendere Schnittfolge ein: *Der Postmann sitzt in seinem Topf, die Zitrone schon im Mund, und er argumentiert um sein Leben. Der Kannibale sagt: „Zu spät, ich habe*

*Hunger!" und hebt die Machete. Schnitt! Die Kelle rührt in der
fetten dampfenden Gulaschsuppe, ein paar Rippchen, ein abge-
kochter Schädel und ein Oberschenkelknochen tauchen aus den
Tiefen der Suppe auf, versinken wieder. Schnitt! Der Kannibale
steht am Inselset vor dem großen Kochtopf und probiert – voller
Wonne schlürfend – aus der Kelle ein Schlückchen Suppe. Am Tisch
sitzt kreidebleich als frisch gebackener Nachwuchskannibale im
Baströckchen unser Postmann. „You can't eat it …", stammelt er
und seine Augen irren voller Sehnsucht zu dem Wasserflugzeug,
das still zwischen den Palmen in der Bucht dümpelt. Rückblende:
Das Wasserflugzeug landet. Die Mitglieder des Vorstands – unter
ihnen die silikonveredelte Amanda – gehen an Land. Begrüßung,
wie gehabt, der Kannibale hebt die Nuss, die Sonne verdunkelt sich.
Schnitt! Unser Postmann sitzt schluckend vor seinem dampfenden
Gulaschteller, der Kannibale beißt in ein durchsichtiges schlabberi-
ges Etwas, verschluckt sich, erstickt. „I've told you, you can't eat it,
it's silicon!", sagt unser Postmann mit bebender Stimme.*

Nach solch appetitlichen Gedanken war es Zeit zum Frühstücken. Stefan hatte wegen der abgeschalteten Klimaanlage ebenfalls schlecht geschlafen und drehte sich nur zur Wand. Ich ging
also wieder einmal allein frühstücken und lernte den Unter-
schied zwischen einem Omelett und Scrambled Eggs kennen.

Der Maître de la Rührei schlug die Eier dermaßen windel-
weich, dass sie am Ende fast in Pulverform auf dem Teller her-
umkrümelten. Aber immerhin gab es hier fünf-Sterne-gerecht
viele leckere Zutaten wie Schinken, Paprika, Lauch und natürlich
reichlich Zwiebeln, nur leider keinen Knoblauch.

Irgendwann gesellte sich Stefan zu mir und wir gingen zusammen zur Rezeption, wo sich herausstellte, dass unser Vorhaben beim Personal schon bestens bekannt war. Herr Gremes,
der „GM" von Fonimagoodhoo, hatte seine Leute bereits ausführlich gebrieft und das Projekt schien ihnen zu gefallen. Da

ich bis Ende November mit meinem Caspar-David-Friedrich-Film beschäftigt sein würde und wir noch eine gewisse Vorbereitungszeit bräuchten und dann erst mal Weihnachten sein würde, einigten wir uns auf einen ungefähren Drehtermin im Januar oder Februar. Zum Glück sei das auch genau die Zeit mit dem besten Wetter, versicherte Herr Gremes mir: wolkenloser Himmel, ruhige See, glasklares Wasser, beste Bedingungen zum Drehen von Abenteuerfilmen auf einsamen Inseln.

Ich ergänzte, das gute Hollywood-Wetter bedeute aber auch Hitze und hohe Lichtkontraste. Nun ja, wer das eine will ... Immerhin hatten wir mit beidem wenigstens schon Erfahrungen in Tunesien gemacht.

Für heute hatten wir zur genaueren Erkundung die beiden vielversprechendsten Inseln Dhandhoo und Vaadhoo gebucht. Die Crew auf dem Dhoni bestand wieder aus demselben fröhlich grinsenden Jünglingstrio, nur heute ohne Dinghi, man wusste ja inzwischen, dass wir schwimmen konnten.

Auf dem Weg nach Dhandhoo sahen wir weit entfernt, vermutlich schon am westlichen Rand des Baa-Atolls – aber mit dem Einschätzen von Entfernungen war ich inzwischen vorsichtig geworden –, also wenigstens in der Mitte der riesigen Lagune etwas, was wie ein Frachtschiff mit Schlagseite aussah. Aber wir waren uns nicht sicher, ob es nur eine etwas ausgefallenere Schiffsform war. Auch mit der Vergrößerung meiner Kamera oder meinem kleinen Wald-und-Wiesen-Opernglas wurde es nicht deutlicher, zumal wir selbst auf einem schwankenden Dhoni standen.

Später in Malé las Stefan in den „Gulf News", genau an diesem Tag sei von der maledivischen Küstenwache ein Schiff mit tamilischen Rebellen versenkt worden.

Da wurde mir wieder klar, dass man sich zwar auf die einsame Insel verdrücken kann, aber die Realität verfolgt einen

überall hin. Immerhin schwebte mir ja nicht irgendein Witzfilm-
chen vor, sondern eine Geschichte über den Wandel in der Welt.
Scheinbare Verlierer werden zu Gewinnern und umgekehrt. Die
Globalisierung birgt Möglichkeiten und Gefahren. Kein Winkel der Erde entgeht dem Neoliberalismus – im Guten wie im
Schlechten. Das Prinzip des Fressens und Gefressenwerdens ist
allgegenwärtig, aber es überleben am Ende nicht unbedingt die,
welche glauben, alles im Griff zu haben.

Wir begannen mit einer Umrundung von Dhandhoo, der Insel mit dem kleinen Sonnenschirm. Von Weitem gesehen, sieht
sie wirklich wunderschön winzig und rund aus, wenn auch der
hintere Teil vom Tsunami abgefressen ist, was aber optisch – so
makaber es ist – sogar eine gute Seite hat, wegen der Wildheit
der unterspülten Vegetation. Trotz der Nähe von vielleicht einem
Kilometer zu Reethi Beach ist der Horizont um Dhandhoo in
einem ziemlich großen Winkel frei, wenn man in Richtung
Osten filmt.

Für die Aufnahmen der Ankunft unseres Helden inklusive der
lustigen Haiattacken von Flipper, dem niedlichen Unterwasser-
Haushund, suchte ich eine Art Sandbank oder begehbares Riff,
also flaches Wasser mit einem schönen Blick auf das einsame Eiland im Hintergrund. Bei der Umrundung wurde mir klar, dass
die eigentliche Insel nur ein kleiner aus dem Wasser ragender
Klecks im Westen eines riesigen Riffs ist. Und da man mit einem
Dhoni wegen seines Tiefgangs wohl besser nicht über das Riff
fuhr, würden Aufnahmen auf der wilden Ostseite der Insel wohl
erstens nur aus großer Entfernung, zweitens von einem kleineren, aber schaukeligen Dinghi oder drittens zu Fuß über das Riff
möglich sein. Letzteres war theoretisch machbar, da das Riff
längst nicht überall aus Korallen bestand, sondern vorwiegend
aus Sand und Felsen. Man konnte sich also zu Fuß weit vom
Ufer entfernen, wobei einem das Wasser ungefähr bis zur Hüfte
oder nach einer Weile bis zur Brust reichte, bei Ebbe vermutlich

weniger, und wegen des klaren Wassers sah man fast alles, auf was man trat. Zu diesem Zweck hatte ich mir mit Stefans finanzieller Unterstützung ein Paar praktische Riffschuhe zugelegt, spidermanartige Nylonfüßlinge mit Gummisohle, ohne die so ein Spaziergang nicht unbedingt zu empfehlen ist. Ich hatte es zwei Tage lang mit meinen Badelatschen versucht, aber die sind dafür erprobtermaßen ungeeignet, da sie beim Gehen im Wasser dazu neigen, alle möglichen Eigenbewegungen zu entwickeln, sodass die Sohlen sich am wenigsten dort befinden, wo sie sollen, nämlich unter dem Fuß. Und barfuß übers Riff zu gehen, ist ein ziemlich gefährlicher Spießrutenlauf, da man immer wieder auf spitze Korallenreste oder Steine tritt, ganz zu schweigen von den gefürchteten Steinfischen, die es hier reichlich geben soll.

Ich sprang also, die Riffschuhe sicher und warm in der Badehose verstaut, von Bord. Stefan filmte mich dabei. Dann übernahm ich die Kamera und schnorchelte, mit der heute sehr starken Strömung kämpfend, an Land. Dort legte ich die Flossen ab, zog die Schuhe an und wollte gerade beginnen, die Insel zu erkunden, als mich ein Rufen zurückhielt.

Unser Käpt'n, ein braungebrannter, schlanker junger Mann winkte mir vom Boot aus aufgeregt zu und machte Schwimmbewegungen mit den Armen. Er zeigte immer wieder auf meine Flossen. Da ich dachte, dass er sie zum Schwimmen ausleihen wollte, deutete ich mit entsprechenden Gesten an, er könne sie haben, er solle ruhig an Land kommen. Er machte weiter Gesten und ich tat es auch, da ich meinte, er würde mich nicht verstehen bzw. umgekehrt. Schließlich schnappte er sich seine Taucherbrille, sprang ins Wasser, schwamm an Land und nahm meine Flossen. Aber statt baden zu gehen, trug er sie mir hinterher. Schließlich kapierte ich, dass er mich nur warnen wollte, dass die bald einsetzende Flut sie möglicherweise fortspülen würde.

Ich kam arg ins Grübeln, hatten wir doch vor, hier zwei Wochen lang mit zehn unerfahrenen Leuten im Dschungel und im

Wasser rund um eine tropische Insel einen nicht eben leichten Film zu drehen mit Action, Tricks, Tieren und Spezialeffekten. Schon eine gleichsprachige Crew in einem Wohnzimmer kann sich mit Missverständnissen völlig aufreiben. Es würde eine Menge Kommunikation, Gespräche, Briefings, Absprachen, Handzeichen und Klärungen brauchen, damit hier ein halbwegs vernünftiger Film entstand und alle ihn überlebten.

Bei aller Ähnlichkeit hat jede Insel auch ihre Eigenarten. Auf Dhandhoo gibt es auffällig viele Vögel, Schwärme kleiner weißer Seeschwalben und größere schwarze Raben. Wegen dieser ornithologischen Besonderheit und weil hier von Reethi Beach aus regelmäßig Honeymoon-Touristen abgeladen werden, taufte ich das Eiland heimlich „Vögelinsel" – ein halbes Jahr ohne Freundin macht schon ganz schön Matsch im Gehirn …

Zwischen Strand und Dschungel gibt es hier einen breiten Gürtel von Büschen und dazwischen Wege und Sandflecken – der ideale Ort für Vorgeplänkel, mannsgroße Kochstellen und Verfolgungsjagden. Auch sah ich einen gelblich verwelkten „Geisterbaum" wie auf Vaadhoo und so etwas wie eine zusammengebrochene Laubhütte. Hinter einem großen – aber dafür wenigstens dem einzigen – Müllhaufen versteckt fanden wir, glücklicher als vor zwei Tagen, den Pfad in das Innere der Insel und verfolgten ihn bis zum gegenüberliegenden Ende. Der Dschungel war dicht, hoch und schön anzusehen, allerdings ohne eine weitere Lichtung. Mücken deuteten auf Süßwasser wie auf Vaadhoo hin, aber so etwas wie einen See entdeckten wir nicht. Zur gegenüberliegenden Meerseite stießen wir an genau derselben Stelle, an der wir vor zwei Tagen vergeblich versucht hatten, ins Innere der Insel zu gelangen. Wir erkannten es an einer Art natürlichem Käfig aus Wurzeln und halb weggespülten Bäumen, aus dem man nur ins offene Meer gelangte, indem man zehn Zentimeter über der Wasseroberfläche unter einem Ast hindurchschlüpfte –

möglicherweise ein schönes Detail bei der versuchten Flucht unseres Protagonisten.

Ich nahm wegen der Sonne und der Mücken und weil ich noch ein paar Fotos nachholen wollte, wieder den feuchten Weg über das Riff zur Vorderseite, während sich Stefan barfuß weiter durch den Dschungel kämpfte. Seine Herausforderung zu einem Rennen – wer zuerst bei den Flossen sei – ignorierte ich wütend, weil ich schon wieder Probleme mit der beschlagenen Scheibe meiner Kamera hatte. Das schien sie besonders gerne zu tun, wenn ich aus dem Dschungel einer Insel an den Strand kam. Gemeinerweise war das übrige Plexiglasgehäuse völlig trocken und klar, aber ausgerechnet die – sicher ganz spezielle und teure – Vorderscheibe war beschlagen, und natürlich auch nur genau dort, wo die Mitte der Linse war.

Entnervt öffnete ich – bis zur Brust im Meer, in der Dünung von einem Bein aufs andere schwankend und vor mich hin schimpfend – das Gehäuse, damit die Sonne die Feuchtigkeit aufsaugen konnte, was auch funktionierte. Außerdem hatte sich der Kameraschlitten gelöst, obwohl ich ihn im Zimmer festgeschraubt hatte, sodass die Sony schief im Gehäuse hing. Mit vom Salzwasser klebrigen Fingern gelang es mir, ihn wieder zu befestigen, indem ich die Schraube mit dem Fingernagel drehte.

Mittendrin wurde mir bewusst, dass ich zehn Zentimeter über den Wellen an einem unversicherten 1000-Euro-Technikwunderwerk herumfummelte, mit dem ich einen Teil meines Lebensunterhalts bestritt und dem jeder verirrte Spritzer für immer den Garaus machen konnte. Das war leichtsinnig und mir war klar, dass ich, um hier frei von bösen Überraschungen einen Film drehen zu können, noch ein paar gute Ideen brauchte, um Technik und Projekt in buchstäblich trockene Tücher zu bringen. Besonders der Kameramann würde mit einigen Schwierigkeiten zu kämpfen haben, besonders mit der Luftfeuchtigkeit.

Zurück am Strand kämpfte ich noch ein Weilchen mit meinen Flossen, um sie – mal schwankend im Stehen, mal sitzend in den Wellen – an die Füße zu bekommen, jedoch ohne Kamera, Schnorchel, Brille oder Riffschuhe zu verlieren und dafür eimerweise scheuernden Korallensand in Badehose oder Flossen zu bekommen. Stefan war indessen ohne Schuhe oder Flossen längst wieder an Bord, ließ sich die Kokosstückchen schmecken und machte anschließend ein Nickerchen auf dem Dach des Dhonis.

Um Vaadhoo herum war die Strömung noch erheblich stärker. Wir hatten richtigen Seegang und der Wind peitschte die Palmen. Das Boot schwankte heftig und die Vorstellung, dass dies für 14 Tage unser täglicher Weg zur Fabrik sein würde – mit Kameras, Akkus, möglicherweise Licht, einem Generator, Kühlboxen, trockenen Kostümen, Ton-Equipment, Skripts, Storyboards, Drehbüchern, Tischen, Stühlen, Catering usw. und last but not least einem Dutzend Crewmitgliedern –, war mir nicht wirklich geheuer. Aber wenigstens war uns versprochen worden – wenn auch nicht mit absoluter Sicherheit –, dass das Meer im Januar spiegelglatt sein würde und dass man mit dem Dhoni direkt an den Strand fahren könnte.

Vaadhoo hat trotz des Riffsterbens noch beinahe so etwas wie einen Korallengarten. Ich ließ mich vom Boot fallen und trieb rasch mit der Strömung darüber hinweg. Es war ein Schnorchelspaß der Extraklasse! Mehrere riesige bizarr geformte Korallenblöcke strecken sich einem geheimnisvoll entgegen, umspielt von tausenden bunter Fischchen. Ich hätte gerne mehr Zeit hier verbracht, hatte sie aber nicht, ließ also wenigstens die Kamera laufen.

Dann schnorchelte ich an Land und folgte Stefan, der den Dschungel diesmal durch den rechten der beiden kreisrunden Eingänge betreten hatte. Im Innern des Palmengürtels, der die

Insel wie ein etwa 30 Meter breiter Ring umfasst, fanden wir schnell den Rundweg und folgten ihm zur Abwechslung gegen den Uhrzeigersinn. Ich streifte ein wenig abseits vom Weg durch die Büsche und fand einen anderen Zugang zu dem zugewachsenen See. Der Anblick war noch umwerfender. Direkt vor mir erhob sich der riesige Stinkefinger, umringt von grünen Gespenstern und Fabeltieren. Efeuranken zogen sich auch am Boden dahin, Stefan entdeckte ein bedeutungsschwangeres grünes Kreuz in den Bäumen. Wir schauten und fotografierten eine Weile, dann verabschiedete er sich in Richtung Schiff und ich hatte die Insel ganz für mich allein. Als Erstes erkletterte ich den Stamm einer geschwungenen Palme, um aus drei Metern Höhe eine bessere Draufsicht zu haben, und machte Aufnahmen.

Mir ging schon seit einigen Tagen ein Problem durch den Kopf, nämlich wie man am elegantesten zeigen könnte, dass sich dieses Wunder der Natur tatsächlich im Innern einer „normalen" einsamen Insel befand und nicht im Hinterhof von Disney, wo eine Horde LSD-geschädigter Gärtner losgelassen worden war. Alle Inseln, die wir bisher besucht hatten, sahen von Weitem grundsätzlich viel kleiner aus als von innen. Schon das könnte irgendwie unglaubwürdig wirken. Aber was wir hier vorfanden, war einmalig, überraschend, unglaublich!

Am ehesten – grübelte ich – würde der „Beweis", dass es tatsächlich so war, mit einer Luftaufnahme während der Flucht des Postmanns über die Insel funktionieren.

Das heißt: *Bisher hat er sich im Unterholz durch irgendwelche Büsche gekämpft. Er rennt und rennt, stößt sich an Ästen, muss klettern, kriechen, während der Kannibale ihm gemütlich im Spaziertempo folgt, höchstens mal den Kopf einziehen muss, da er sich auskennt, mit jedem Ast per Du ist. Dann steht unser Postmann plötzlich vor dem Stinkefinger wie vor einem gigantischen Götzen, der ihm praktisch auf optische Weise „Fuck you!" zuruft. Er überwindet seine Panik und hetzt quer über die Efeuebene zur gegenüberliegenden Seite der Insel, gefolgt von seinem hungrigen Gastgeber.*

An dieser Stelle könnte man eine Aufnahme vom Wasserflugzeug aus drehen, das wir ja eh für andere Szenen brauchen – die beiden Figuren im grünen Kessel, umgeben vom Riff, vom Meer.

Dann kommt der Postmann am Ufer an und will sich gerade in die Fluten stürzen, aber hier ist nicht nur ein kleiner Riffhai unterwegs, sondern die maritime Hölle los. Die große Flosse unseres Gitarrenhais streift vorbei, hungrige Haie und Stachelrochen groß wie Teppiche schlabbern an seinen Füßen!

Diese Einstellung hatte ich praktisch schon gedreht, aber besser wäre es noch, dem Haifischfütterer die Postmannhosen anzuziehen, als Double.

Er schreit auf und will umkehren, doch da legt sich schon schwer die Pranke des Kannibalen auf seine Schulter. Schnitt! Er sitzt wieder in seinem Topf, die Zitrone im Mund. Fressen und gefressen werden.

Diese Szene könnte action- und spannungsmäßig der Höhepunkt dieses Filmes werden und sehr witzig sein, außerdem visuell ein Hammer. Es wäre einzigartig. Frei nach der Devise von James Cameron, in jedem Film etwas zu zeigen, was der Zuschauer so noch nicht gesehen hat. Wann schafft man das schon mal in einem Kurzfilm?

Ich wagte mich einige Meter über die federnden Wurzeln und Efeuflechten in Richtung Stinkefinger, um zu testen, ob man überhaupt darauf laufen könnte oder aber ob ich vielleicht ungehört und einsam im Sumpf versinken würde.

Ich erinnerte mich an den „Dangerous Animal"-Dreh, als wir unseren Hauptdarsteller einige hundert Meter hinaus auf den Salzsee gejagt hatten, damit er so richtig schön dramatisch aus der untergehenden Sonne erschien. Erst später erfuhren wir, dass man auf dem Salzsee weiter draußen wie auf einem Dorfteich einbrechen kann, weil es unter der Salzschicht gelegentlich wassergefüllte Hohlräume gibt. Also jagte ich lieber den großen Krabben hinterher, die höllisch flink sind und überall Verstecke finden, unter Blättern, in alten Bäumen, Schneckenhäusern und in Erdlöchern. Ich folgte ihnen mit der Kamera bis in die finstersten Winkel, von wo aus sie mich mit ihren Stielaugen anstarrten und unerwartet ein farbloses Sekret verspritzten, das mich zum Glück nicht traf. Ich wollte auch gar nicht wissen, wie sich das anfühlte, jedenfalls sah es eklig und gefährlich aus.

In der Hoffnung, die Krabben würden nach einer Weile ihre Verstecke wieder verlassen und sich dann in Ruhe bei ihren täglichen Besorgungen filmen lassen, stand ich eine Weile regungslos da – aber der Trick rächte sich blutig.

Auch ich wurde nun gejagt, umzingelt, angestochen und ausgesaugt von winzigen, beinahe unsichtbaren Vampiren, die richtig fies wurden, wenn man erst einmal entdeckt war. Immerhin hatten wir uns im Inselstore mit einem 8 Dollar teuren Mückenschutzmittel eingedeckt, das allerdings sicher und warm in meiner Tasche auf dem Schiff verwahrt lag. Malaria sei auf den Malediven kein Thema, war mir an der Rezeption versichert worden. Nur ausgerechnet in der Hauptstadt Malé hätte es vor einiger Zeit Fälle von Dengue-Fieber gegeben.

Ich tröstete mich mit der Gewissheit, dass ich als Testperson im Januar wissen würde, ob mein Team in Gefahr war.

Wegen der starken Strömung hielt ich es für eine gute Idee, mich von selbiger in Richtung Schiff treiben zu lassen, wenn es sich schon nicht nahe an den Strand wagte. Aber stattdessen – sei es aus Dussligkeit oder Bosheit – fuhren meine Skipper immer wieder an mir vorbei in die genau entgegengesetzte Richtung, sodass ich höllisch strampeln musste. Die Jungs nahmen drei Anläufe und blieben immer so auf Distanz, dass ich sie nicht erreichen konnte. Ich winkte und rief, dass sie einfach in die andere Richtung fahren sollten, um mich bequem im tiefen Wasser jenseits des gefährlichen Riffs einzusammeln, aber sie taten es einfach nicht. Von dem, was sie mir zuriefen, verstand ich kein Wort und erst später wurde mir bewusst, wie sehr hier alles Mögliche plötzlich schiefgehen konnte. Vielleicht lauerte ja irgendeine Gefahr auf mich, von der ich in meiner Dussligkeit und Ignoranz keinen Schimmer hatte?

Nachdem ich mich eine Weile abgekämpft hatte, ließ ich es sein und ließ mich am Riff entlangtreiben, genoss den schönen Blick nach unten und filmte. Das Riff fiel hier steil ab und allerlei kleines Getier patrouillierte zwischen den Felsen und Korallen. Ich wünschte mir aber sehr, mal etwas Größeres, Spektakuläres zu Gesicht zu bekommen.

Plötzlich berührte mich etwas an der Seite. Ich fuhr herum, aber es war kein hungriger weißer Acht-Meter-Hai, sondern unser schmucker Kapitän, der eifrig begann, mir die Unterwasserwelt nahezubringen.

Ich tauchte kurz auf und versuchte mit ihm zu reden, aber von dem, was er radebrechte, verstand ich so gut wie nichts. Jedenfalls klang es nicht nach einer unmittelbaren Gefahr. Er zeigte mal hier- und mal dorthin, ohne dass ich etwas erkennen konnte. Einmal wedelte er aufgeregt in die blaue Tiefe hinein, ich wirbelte herum und starrte gebannt dorthin, ohne dass ich auch nur das Geringste erkennen konnte. Mein Begleiter wurde immer hilfsbereiter und überschwänglicher. Dabei wich er mir nicht von der Seite und als er mir voller Begeisterung einen stinknormalen mittelgroßen Papageienfisch präsentierte, beschlich mich langsam der Verdacht, dass er als Unterwasserführer nicht viel mehr Ahnung hatte als ich. Und als er mir immer vertraulicher und kuscheliger auf die Pelle rückte, erinnerte ich mich endlich, dass die Jungs uns ganz sicher für schwul hielten. Die Indizien lagen klar auf der Hand. Normalerweise kutschierten sie verliebte Honeymoon-Pärchen auf die Inseln und ich war nun mit Stefan schon einige Male für eine halbe oder Dreiviertelstunde allein im Dschungel verschwunden und wir waren immer selig lächelnd und durchgeschwitzt wiedergekommen.

Ich bedankte mich bei meinem Guide und war schnell wieder auf dem Schiff, Strömung hin, Strömung her.

Wieder an der Rezeption von Reethi Beach angekommen, ließen wir uns den inseleigenen Konferenzraum zeigen – für die Vorstandsszene, da wir die sieben Vorstandsmitglieder ja hier vor Ort casten würden. Der Raum hatte eine nette 70er-Jahre-Gemütlichkeit mit kleinen verschnörkelten Lämpchen und Holztäfelung. Das sah beim besten Willen nicht nach einer globalen Konzernleitung am Potsdamer Platz aus – höchstens wenn wir das Bild extrem eng halten würden, mit Aktenordnern, Seltersflaschen und dicken Laptops im Vordergrund und einem großen mit einem Beamer projizierten AMACION-Logo im Hintergrund, und wenn der Rest des Bildes einfach nur geballte Menschenmasse in Boss-Anzügen wäre. Aber das wiederum könnte man auch in jedem beliebigen anderen großen Raum drehen.

Ich nahm mir vor, daraufhin mal die Tennishalle am anderen Ende der Insel zu checken.

Als Nächstes schockierte ich die geduldige Mirijam mit ihrer Ernennung zur Local Casting Direktorin, da wir ihre Hilfe brauchen würden, entsprechend wohlbeleibte Touristen anzusprechen, ob sie nicht vielleicht für einen Tag Lust hätten, in einem unsterblichen Film zu Gulasch verarbeitet zu werden. Sie trug es mit Fassung und brachte auch gleich den klugen Gedanken ein, dass ein Casting erst eine Woche vor Dreh Sinn machen würde, da die durchschnittliche Verweildauer der Gäste im Paradies maximal 14 Tage beträgt.

Um schon einmal den Ernstfall zu testen, d. h. um zu sehen, ob man wirklich so etwas planen und durchziehen konnte, bat ich sie noch, beim Haifischfütterer für die Kamera eine unserer geplanten Einstellungen, einen aufgerissenen Hairachen, in Arbeit zu geben. Er sollte einfach nur dafür sorgen, dass ich das richtige Bild bekam.

Als ich im Hotelzimmer die Kamera aus dem Gehäuse nahm, gab es eine unangenehme Überraschung: Ein Tropfen Meerwasser hatte es tatsächlich bis in das Gehäuse geschafft. Aber bei dieser Gelegenheit hatte ich auch endlich die gute Idee, wie wir vielleicht das ständige Beschlagen der Scheibe verhindern könnten. Das Gehäuse steckte zum Schutz während der Reise in einer durchsichtigen Zip-Tüte, in der ich irgendwann mal einen Fleece-Pullover gekauft hatte. Zufällig waren die kleinen Silicagel-Tütchen in der Verpackung geblieben, die normalerweise dazu dienten, die Luft trocken zu halten, damit der Pulli nicht schimmelt. Die legte ich nun fürs nächste Mal mit ins Kameragehäuse.

Mein kleiner Jornada-Computer hatte sich die Tage lang wacker gehalten und ich kam auf den kleinen Tasten mit dem Zweifinger-System schon einigermaßen voran. Aus den täglichen

Befindlichkeitsmails war beinahe so etwas wie ein Reiseroman geworden und ich fand mehr und mehr Gefallen an dem Gedanken, das durchzuziehen, zumal jemand, der mir sehr viel bedeutete, mich dazu ermutigt hatte.

Den Rest des Nachmittags nutzte ich zum Schreiben – zuerst Karten und dann ging es weiter mit diesem Bericht. Das vertrieb mir die Einsamkeit und gab mir das Gefühl, dass es einen Sinn hatte, was ich hier tat. Auch meine künftige Crew würde sich vielleicht über einen Reisebericht zur Einstimmung freuen, konnte ich doch so schon einige Erfahrungen weitergeben, Problemlösungen anregen und vor Fallen warnen.

Doch als der Jornada unerwartet abstürzte, merkte ich, dass er eigentlich kaum mehr war als ein aufgemotzter Taschenrechner, dass darauf keine automatischen Sicherungskopien anlegt wurden und ich mehrere Seiten Tagebuch mit allen mühsam abgequälten Reflexionen, Erinnerungen und Ideen noch einmal von vorn beginnen musste.

James Cameron wird das Zitat zugeschrieben, dass die Arbeit des Autors die hässlichste, quälendste und erniedrigendste der Welt sei. In diesem Moment gab ich ihm so Recht! Ich ärgerte mich gewaltig. Das Gefühl, etwas Wichtiges geschrieben zu haben, an das man sich nicht mehr genau erinnern konnte, es noch einmal schreiben zu müssen und dabei immer denken zu müssen, dass da noch mehr war, ist noch viel übler als einfach vor einem weißen Blatt zu sitzen und etwas ganz und gar neu zu erfinden. Es verursacht noch mehr Zweifel, Depressionen und Blockaden. Natürlich fällt einem beim erneuten Nachdenken und Formulieren auch Neues und Besseres ein, das man sonst nie geschrieben hätte, und dann freut man sich, aber trotzdem fühlt man sich vom Schicksal ungerecht behandelt, auch wenn es die eigene Dämlichkeit war, die Daten nicht ausreichend zu sichern.

Ich quälte mich also wieder Seite für Seite vor bis zu der Stelle, zu der ich schon einmal gekommen war, ahnend, dass mir ganze Passagen vermutlich für immer verloren gegangen waren, weil sie aus dem RAM-Speicher im Kopf und sowieso von der löcherigen Festplatte, um in dem Bild zu bleiben, als fertig verarbeitet und gesichert gelöscht waren. Zum Glück hatte ich für alle Fälle von Zeit zu Zeit manuelle Sicherungen auf einem Flash-Chip gemacht, sodass mir nur die Seiten seit dem letzten Backup fehlten. Was ich allerdings noch nicht ahnte, war, dass ich alles, was ich zu dieser Zeit neu erinnern und aufschreiben musste, plus die folgenden zwei Wochen Arbeit noch ein weiteres Mal verlieren würde – bei dem Versuch, ein Gesamtbackup auf dem großen Computer zu Hause zu machen. Shit happens und man lernt nie aus …

Stefan schnitt währenddessen an „Peters Journey" und ich half ihm, so gut ich konnte. Ich hatte einige gute Ideen und er wurde immer zufriedener mit seinem Werk, was dazu führte, dass er mich als Post Production Supervisor anheuerte. Ich sollte, sobald ich zu Hause Zeit hätte und er in Dubai mit dem Feinschnitt fertig wäre, den Soundschnitt und die Mischung in Potsdam überwachen. Ein schöner Job an einem schönen Projekt.

Nach getaner Arbeit besuchten wir wieder unser 24-Stunden-Restaurant und ich wählte Tomatensuppe und eine Art indische Eierkuchen, deren Füllung dermaßen scharf war, dass ein eventueller Fischgeschmack nicht weiter aufgefallen wäre.

Zunächst aber warteten wir eine Dreiviertelstunde auf das kulinarische Meisterwerk und schließlich musste ich los zum Fischfütterungssteg, welcher bereits wieder mit Schaulustigen voll war, um den bei Mirijam bestellten aufgerissenen Hairachen zu filmen. Unterwegs, auf dem langen Weg zum Ufer, kam mir der Kellner von der Küche aus mit den Eierkuchen entgegen und war ganz erstaunt, dass ich schon los wollte. Stefan versprach, so lange im Restaurant als Geisel zu bleiben und auf sie aufzupassen.

Der Fütterer gab sich alle Mühe, Haie anzulocken, aber aus der Hand, wie die Rochen, fraßen sie ihm dann doch nicht, schließlich waren wir nicht im Zirkus. Meistens schnappten sie sich ihre Leckerbissen erst unter Wasser und überhaupt nur, wenn er ihnen das Futter von Weitem hinwarf, und dann wiederum so schnell, dass ich sie nicht erwischte.

Der Gitarrenhai, der ja eigentlich von Hause aus ein Rochen war, ließ zwar allerhand mit sich machen, zum Beispiel hob der Fütterer seine spitze Schnauze aus dem Wasser und fütterte ihn per Hand, aber er sah auf diese Weise einfach nicht aus wie der Hai, der nach unserem Postmann schnappte. Diese Aufnahmen würde ich wohl kaum verwenden können. Wir brauchten also definitiv einen beweglichen Gummihai mit realistischem und beweglichem Kopf. Diese endgültige Entscheidung war immerhin den Aufwand wert.

Bei der allerersten Fütterung am Tag der Ankunft waren wir von einem Aufpasser vom Hotel vom Strand auf den Steg gejagt worden, aus Sicherheitsgründen. Aber jetzt lud der Fütterer mich ein, zu ihm hinunter ans Wasser kommen. Ich ließ mich nicht zweimal bitten, krempelte schnell die Hosenbeine hoch und nutzte einen der Zementsockel, auf denen der Steg stand, um möglichst nahe an die Tiere heranzukommen. Zum Glück war die Kamera sicher im Gehäuse. Immer wenn sich ein Rochen näherte, hielt ich sie ihm unter Wasser entgegen, möglichst nahe, da ich schon den Verdacht hatte, dass es hier in Ufernähe ziemlich trübe war.

Der Fütterer versucht immer wieder, mir etwas zu bieten, und er wurde einmal beinahe von drei seiner glitschigen Freunde untergepflügt, als sie ihn gleichzeitig zu umarmen versuchten. Ich wurde auch immer mutiger und stieg von dem Sockel ins Wasser, um besser drehen zu können. Ich spürte die schlabberige Haut der Rochen, wenn sie über meine Füße glitten. Ich beugte mich so tief über das Wasser, dass meine Hose nass wurde, aber es war mir egal, die Hose würde trocknen, die Aufnahmen wären einmalig.

Gestern noch hatte ein gestandener tätowierter Taucher regelrecht darum gebettelt, seine laufende Kamera einfach nur lose neben dem Fütterer ins Meer legen zu dürfen in der Hoffnung, auf diese Weise irgendeine Aufnahme zu erhalten, und es war ihm nicht erlaubt worden. Mir hingegen wurde durch Mirijams Fürsprache das Privileg des möglichen Gefressenwerdens zuteil.

Der Stachel eines Rochens schnellt bei einem Schreck, zum Beispiel wenn man im flachen Wasser auf ein Tier tritt, reflexartig hoch, bohrt sich wie ein Dolch mit Widerhaken in sein Opfer und kann dabei sogar abbrechen. Die schmerzhaften Wunden neigen zu Ödembildung und extrem schlecht heilenden Nekrosen. Toxische Verletzungen innerer Organe, z. B. Herz, Leber oder Nieren, mit Todesfolge nach einigen Tagen sind bekannt. Wie beim Steinfisch soll das Gift hitzeempfindlich sein, aber die Behandlung mit heißem Wasser ist umstritten. Der letzte spektakuläre Fall, bei dem es einen weltberühmten und erfahrenen Unterwasserkameramann, Steve Irwin, in die Brust getroffen hatte, war hier ständig in aller Munde. Er war sofort an Herzversagen gestorben.

Immer näher hielt ich die Sony vor die vorbeisegelnden Rochen und hatte schon den Eindruck, dass sie begannen, extra Showrunden für mich zu drehen. Neugierig beäugten sie das Kameraobjektiv und zogen dann in voller Länge und Eleganz samt Schwanz daran vorbei.

Erst als der Fütterer warnte, die Stachelrochen könnten „to much problem" machen und Stefan, der es – Eierkuchen hin, Eierkuchen her – im Restaurant nicht länger ausgehalten hatte, mir von oben vom Steg zurief, er bräuchte mich noch, sparte ich mein Leben lieber für den eigentlichen Film auf und ging meine „Eierrochen" zu Ende essen.

Danach brauchte ich erst mal eine Dusche mit viel Shampoo, denn meine Füße rochen penetrant nach Fisch.

Wir sichteten unsere Aufnahmen, zunächst die vom Vormittag. Die Bilder vom „Garten Eden" waren leider etwas überbelichtet, da aus Versehen die Funktion „Backlight", so heißt eine Aufhellung für Gegenlichtaufnahmen, eingeschaltet gewesen war. Das hatte ich einfach übersehen, da bei der Helligkeit und durchs Gehäuse hindurch nichts zu erkennen gewesen war. Beim eigentlichen Dreh, fürchtete ich, könnten uns solche Pannen ganze Drehtage kosten, wenn uns bis dahin nichts Besseres einfiel, wie wir das Signal besser ausspiegeln könnten.

Die Kamera war am Nachmittag trocken geblieben, der Trick mit dem Silicagel half. Das hieß dann also bis zum Januar: Tütchen sammeln!

Das Abenteuer mit den Rochen hätte ich mir hingegen sparen können, denn das Wasser war so trübe gewesen, dass man nie einen ganzen Fisch, nur ab und zu mal einen langen vorbeisegelnden Stachelschwanz oder bestenfalls ein neugieriges Auge sah. Meine Bewunderung für die Viecher wuchs ins Unermessliche, wenn ich bedachte, wie mühelos sie sich in der sandigen Brühe orientiert hatten.

Als ich Stefan in Sachen Besetzung der Hauptrolle ansprach, erzählte er mir von einem Slowaken, den er in Bratislava kennen gelernt hatte und der für ihn immer das Vorbild für die Postmannfigur gewesen sei. Ein kleiner Mann mit Glubschaugen, in seiner Ausstrahlung zutiefst bemitleidenswert und sympathisch. Wunderbarerweise war er auch noch von Beruf Schauspieler, in Osteuropa zu Hause, also mit sehr wenigen Chancen auf eine gute Rolle in einem internationalen Film. Aber er sei hoch motiviert, meinte Stefan, und wenn es sein müsste völlig durchgeknallt und zu jeder Schandtat bereit. Kurzum: möglicherweise der richtige Mann für den Job.

Wir nahmen uns vor, ihn mal nach Berlin einzuladen, damit ich ihn kennen lernte. Wenn wir im kommenden Januar drehen wollten, war es durchaus schon Zeit, mit einigen Leuten Termine zu machen. Wer sollte die Kamera übernehmen? Wie sah es mit einer Regieassistenz aus? Wo würden wir den gewichtigen Kannibalenhäuptling casten? Gab es eigentlich Schauspieler in Malé? Sollte man in Indien oder Sri Lanka suchen oder jemanden aus Europa mitbringen? Vielleicht jemanden, der im Film „Sumo Bruno" mitgespielt hatte, dem deutschen Sumoringer-Film? Oder sollten wir Christoph Dittmann, den „Sushi Baron" und „Dangerous Animal"-Touristen braun anmalen? Wer sollte die silikonbusige Amanda spielen? Machte es Sinn, sie für die paar Einstellungen für eine Zeit von zwei Wochen einzufliegen oder nur für eine Woche? Oder könnte sie eine Doppelfunktion z. B. für Kostüm und Maske übernehmen? Die Zeit der Fragen, Variablen und Entscheidungen hatte erst begonnen.

Wir schnitten noch ein bisschen an „Peters Journey", dann setzten wir uns auf den Wasserbalkon und beobachteten ein fernes Tropengewitter. Dabei kam das Gespräch auf Stefans Lebenstraum. Ein paar Tage vorher hatte er mir erzählt, wie wichtig es sei, den Lebenstraum eines Menschen zu kennen, um ihm auf Augenhöhe begegnen zu können, und dass Stefan immer möglichst bald über jemanden herauszufinden versuche, was ihn im Innersten antreibe, was für ihn das Wichtigste im Leben sei. Wenn man das erst einmal wüsste, könnte man sich leichter mit gegenseitigem Respekt und Interesse begegnen, womit formelle Ebenen, berufliche Abhängigkeitsgefälle, Überheblichkeiten und Profilneurosen in den Hintergrund treten würden. Somit sei es, so Stefan, zum Beispiel auch der beste Weg, jemanden, der einem beruflich weiterhelfen könnte, nicht mit Anbiederei oder ausgestellter Coolness zu begegnen, sondern sich offen und ehrlich nach seinem Lebenstraum zu erkundigen.

Vorausgesetzt, hatte ich gekontert, es gäbe bei demjenigen überhaupt so etwas wie einen Lebenstraum, eine Vision. Und selbst ich, hatte ich gedacht, bei all den großartigen Visionen, die mich treiben – wusste ich, was mein eigentliches großes

Ziel, mein wirklicher Traum war? Im Augenblick hatte ich sowieso nur einen Gedanken – meine Liebste, die es nicht länger sein wollte. Ein verlorener Traum und ein Albtraum das, was übrig war. Aber gab es darüber hinaus und auch früher schon so etwas für mich – außer ein Regisseur zu werden und damit eine Vielzahl von einzelnen Träumen verwirklichen zu können? Gab es für mich das *eine* große Ziel? Als Dramaturg wusste und unterrichtete ich seit Jahren, dass es genau das sei, was einen Charakter für andere interessant machte: das Ziel, die Vision, die Passion. War das das Geheimnis von Charisma? War das Stefans Geheimnis? Ich hatte oft überlegt, was ihn so besonders, interessant und fokussiert machte. Und andererseits hatte ich mich oft gefragt, worin das Geheimnis seiner Energie bestand, mit der er unermüdlich auf andere Menschen zuging, mit echtem Interesse, echter Empathie.

Sein Lebenstraum ist es, einen Vergnügungspark zu bauen, keinen der üblichen Disney-Klone, sondern etwas Besonderes, etwas Neues. Attraktionen, Erlebniswelten, in denen Geschichten aus dem Leben erzählt würden, Erfahrungen gemacht werden könnten, die Menschen wiederum in ihren Lebensträumen träfen. Siebzig neue Ideen hätte er schon gesammelt, verriet er mir, und an diesem Abend kamen einige neue hinzu.

Während am Horizont die Blitze zuckten, erzählte ich ihm einige meiner Ideen, die ich vor fast einem Jahrzehnt für die Firma „Terratools" als Computerspiele erdacht hatte, die aber nie umgesetzt worden waren – z. B. dass man sich in eine virtuelle Mücke verwandeln könnte, Blut saugen müsste, die Wahl zwischen tollpatschigen Babys, mordlüsternen Mosquitokillern und abgelenkten Liebespaaren hätte, aber immer Gefahr liefe, von einer großen Klatsche erwischt zu werden.

Wir spannen weiter: Ein 20er-Jahre-Luftfahrtabenteuer wie in dem Film „Aviator" sollte technisch inzwischen machbar sein. Oder wie wäre es mit Achterbahnen mit beweglichen Schienen, ähnlich den Treppen in der Zauberschule Hogwarts? Man sieht, dass die Fahrt in eine bestimmte Richtung gehen wird, aber es kommt alles ganz anders ... Eine Weile lang malten wir uns eine superrealistische Terroranschlag-Geisterbahn aus, bei der man am Ende nicht mehr sicher sein würde, ob das wirklich noch Spaß sei. Und da wir schon mal auf Entertainment-Abwegen wandelten, erdachten wir sogar kichernd wie Schuljungen eine Pornogeisterbahn. Aber das waren alles eher noch die üblichen Disney-Attraktionen, bei denen man irgendwohin fuhr, mal mit, mal gegen die Schwerkraft, wo man etwas zu sehen bekam und wo dem Besucher gelegentlich ein höllischer Schrecken eingejagt wurde.

Wir redeten noch lange über Attraktionen, Frauen, das wahre Glück und die Liebe. So verging unser vorletzter Abend auf Fonimagoodhoo.

17. Mai 2007

Ich erwachte aus einem Traum mit lächelnden Rochen. Die Sonne ging gerade in diesem Moment auf wie ein Wunder. Ein Wasserflugzeug landete einem frühen Vogel gleich, ein anderes startete. Ich machte Bilder. Dann kam ein echter Sturm auf, der durch die Ritzen unserer Wasserbehausung heulte, und es begann zu regnen. Schnell rettete ich die Sachen, die wir abends zum Trocknen hingelegt hatten, aber sie waren schon nass vom Morgentau.

Nach dem Frühstück brachte ich die Postkarten zur Rezeption. Ganz nebenbei teilte man mir unsere neue Abflugzeit mit, eine halbe Stunde früher. Die sei nötig, da einige der mitfliegenden Gäste einen Anschlussflug erwischen müssten.

Plötzlich war Eile angesagt. Ich ging noch schnell an der Squashhalle vorbei und machte einige Locationfotos für den Fall, dass wir sie als AMACLON-Büro verwenden wollten. Es war ein hoher kahler Raum mit vier runden Ventilatoren unter der Decke – schon gar nicht verkehrt, nur die Spielfeldmarkierungen auf dem Parkett würde man wegschummeln müssen.

Die Männer mit den Schubkarren, dem besten Transportmittel auf den Sandwegen der Insel, standen schon vor dem Bungalow, um unser Gepäck abzuholen. Dann standen wir ein letztes Mal auf unserem Wasserbalkon und winkten Madhirivaadhoo ein „Hasta la vista im Winter!" zu.

Auf dem Weg zur Rezeption sahen wir einen Reiher und einen Leguan, Stefan sah direkt unterm Steg vor dem Bungalow einen Hai. Ich sagte pathetisch, die Tiere des Waldes nähmen Abschied von uns, und wir lachten. Am Ufer begegnete uns der Barkeeper des Waldes, dann die hutzlige kleine Waldfegerin des Waldes und schließlich sogar der „GM" der Insel persönlich,

95

der uns seelenruhig in ein langes Gespräch verwickelte, sodass ich schon Angst bekam, wir würden mal wieder das Flugzeug verpassen. Er hatte sehr professionell einen Umschlag mit einem Schreiben bei sich, mit dem er gerade zu uns unterwegs gewesen war. Auf dem Blatt standen die Antworten auf unsere wichtigsten organisatorischen und administrativen Fragen. Die weniger schöne Neuigkeit war, es sei doch eine Drehgenehmigung nötig. Aber, so versicherte uns Herr Gremes sofort, das Hotel würde sich darum kümmern. Ein Regierungsbeauftragter, also ein Aufpasser, würde dabei sein, aber das sei normal und üblich, kein Problem. So lange wir nicht gegen Tabus verstießen, bestand keine Gefahr für das Projekt.

Ich dachte daran, wie wir im Dezember in Dubai auf der Suche nach einem guten Filmnamen „Dangerous Island" in der Internet-Movie-Database nachgeschlagen hatten. Und tatsächlich gab es den Titel schon – für einen deutsch produzierten Langfilm. Das war für uns als Kurzfilmprojekt kein juristisches oder inhaltliches Hindernis, aber wir waren doch neugierig, wovon unser „großer Bruder" denn handelte. In der Castliste kamen auffällig viele exotische Männernamen vor und schließlich sahen wir die Bescherung: Es war ein Hardcore-Gaymovie! Also stand zu hoffen, dass die maledivische Regierung nicht auf die Idee kam, nachzugoogeln, ob es schon einen ersten Teil des Abenteuers gäbe.

Eine offizielle Drehgenehmigung würde auf jeden Fall helfen, Stress zu reduzieren, wenn wir mit viel Technik bzw. wenig touristischen Utensilien anreisten. Außerdem sei Vaadhoo leider von jemand anderem gepachtet und gehöre nicht zum Reethi Beach Ressort, erzählte Herr Gremes, aber eine Einigung würde kein Problem sein – und sicher auch nicht allzu teuer. Bestimmte Requisiten zu besorgen, wäre kein Problem, nur um den Hai müssten wir uns selbst kümmern, ein Gummitier, aus Deutschland mitgebracht, wäre sicherlich die beste Lösung. Wegen eines transportablen Generators würde der „GM" sich noch in Malé erkundigen. Jedenfalls gäbe es in der Region reichlich mobile Baufirmen, die so etwas ausleihen könnten. Übernachtungen wären im Januar oder Februar möglich, wenn wir sie rechtzeitig buchten, und auf Wunsch auch gerne in getrennten Betten. Der Transport zur Insel würde vermutlich mit dem Dhoni erfolgen, aber Reethi Beach hätte auch vor, sich ein motorbetriebenes Dinghi anzuschaffen, das könnten wir für schnelle Besorgungen und Notfälle nutzen.

Wir verabschiedeten uns mit dem Gefühl, dass unser Film machbar war, wir hatten unser Ziel für heute erreicht, Partner gefunden, einen Drehort und neue verrückte Details für die Geschichte. Außerdem hatten wir bereits reichlich Erfahrungen gesammelt und eine Ahnung davon, was möglicherweise alles schiefgehen konnte.

Mirijam begleitete uns auf dem blauen Dhoni zum Wasserflugzeug. Unsere Stammcrew war auch an Bord und da Stefan kein Kleingeld hatte, drückte er Mirijam einen größeren Schein in die Hand, damit sie ihn für die Besatzung wechselte und aufteilte. Ein Flugzeug landete, neue blasse Touristen stiegen aus, staunten und filmten, während wir braungebrannten alten Hasen über ihre entrückten Gesichter grinsten. Leider war es nicht das richtige Flugzeug, sodass wir mit den Neuankömmlingen wieder zurück zum Steg mussten, während Mirijam aufgeregt telefonierte. Heute war eine Menge los, es schwammen nicht weniger als vier Flugzeuge vor der Insel, die abwechselnd versuchten, an den zwei vorhandenen Plattformen anzulegen und Passagiere ein- und auszuladen, ohne sich zu verspäten. Unsere beiden Plätze, so erfuhren wir, waren die zwei letzten verfügbaren in unserem Flieger gewesen.

Schließlich legten wir noch einmal ab. Ich fragte mal so herum, wie sicher die Wasserflugzeuge denn eigentlich – statistisch gesehen – seien, und ich ließ mir die Story von der einzigen je verunglückten Maschine dieser Gesellschaft erzählen, die sich ausgerechnet an Land überschlagen hätte, nachdem sie beim Landen vom Wasser auf eine feste Rollbahn am Flughafen gerutscht sei. Es hätte einige Verletzte gegeben, aber insgesamt seien die Wasserflugzeuge sehr sicher – anders als die Hubschrauber, mit denen die Inseln früher angeflogen wurden, mit denen sei damals „so einiges" passiert.

Beinahe hätten wir noch einmal zurück zum Steg gemusst, weil Stefan den Bungalowschlüssel als Souvenir mitgenommen hatte, aber endlich saßen wir eingezwängt in der kleinen Kabine. Da wir diesmal zustiegen, konnten wir uns die Plätze nicht aussuchen und es war nicht möglich, noch einmal einen Blick auf Vaadhoo von oben zu werfen. Wir starteten und stiegen schnell höher, wurden reichlich geschüttelt und flogen bald durch dicke dunkle Wolken, wobei ich insgeheim hoffte, dass wir keinen Gegenverkehr bekamen.

Vor mir saß eine Mitarbeiterin der benachbarten Four-Seasons-Hotelinsel, die meine Frage am Steg mitbekommen hatte. Sie erzählte mir, sie hätte die meisten Passagiere des verunglückten Fluges gut gekannt, weil diese Gäste bei ihr gewesen seien. Es hätte zwar einige Schwerverletzte gegeben, aber die Passagierin, die es am schlimmsten erwischt hätte, sei schon ein Jahr später wieder als Gast auf ihre Insel gekommen.

Nach der Landung auf Hulhule, der Flughafeninsel von Malé, nahm uns ein Beauftragter unseres Hotels in Empfang und verschiffte uns mit einem der Zubringer-Dhonis in Richtung Hauptstadtinsel. Er sagte, wir würden unser Hotel auf jeden Fall finden, da es nur „zehn Fuß" vom Anleger entfernt sei.

Wir hielten das zunächst für einen Scherz, aber das „Crown Plaza" lag tatsächlich gleich auf der anderen Straßenseite.

Zu erwähnen wäre noch der Kapitän des Riesendhonis, mit dem wir hinübersetzten. Er hatte große Ähnlichkeit mit mir, nur dass er wie ein typischer Insulaner aussah, dunkelhäutig und mit pechschwarzen Haaren. Ich überlegte, was wohl aus mir geworden wäre, wenn ich hier geboren wäre. Vielleicht hätte ich mich mühsam zum Dhoni-Käpt'n hochgearbeitet und würde Tag um Tag die gleiche Strecke durchs Hafenbecken tuckern, froh, meine Familie versorgen zu können. Vielleicht wäre ich mit dieser Familie glücklich. Eines Tages würde ich einen weißen Touristen fahren, der mir, obwohl Europäer, verblüffend ähnlich sähe, und ich würde mich fragen, was wohl aus mir geworden wäre, wenn ich in Deutschland groß geworden wäre und die Filmhochschule besucht hätte. Man bedenke nur die unbegrenzten Möglichkeiten an Ausbildung, materieller Sicherheit und Freizeit. Ich würde den Kopf über sein trauriges Gesicht schütteln, war er doch gerade mit dem Wasserflugzeug von einem Fünf-Sterne-Aufenthalt von einer der Trauminseln unterwegs und checkte gleich darauf in einem der besten Hotels der Stadt ein.

Die Hotellobby des „Crown Plaza" war die dunkelste der Welt. Hinter dem Tresen standen hintereinander aufgereiht gleich vier – immerhin unverschleierte – Hostessen stramm. Sie sahen alle aus wie indische Stewardessen, die im Nebenjob noch einen Gulag bewachen. Wir bekamen wieder ein Zimmer mit der Nummer 104, vermutlich um der örtlichen Stasi den Papierkram zu erleichtern, und nach all den lichten Luxusbehausungen der letzen zwei Wochen kam das winzige Zimmerchen einem Sturz in die Realität gleich. Allerlei putzige Tierchen unternahmen ausgedehnte Expeditionen zwischen unseren Betten und man war bemüht, das Bettzeug vom Boden fernzuhalten, damit sie nicht zu einem raufgeklettert kamen. Die Klimaanlage war nicht anzukriegen, jedenfalls nicht mit Absicht, irgendwann ging sie einfach von alleine, aber nur hin und wieder, wenn sie Lust hatte und nicht unbedingt abhängig von der jeweiligen

Temperatur. Der Raum war von ausgesuchter Hässlichkeit und es roch wie in einem Krankenhaus für Elefanten.

Stefan stürzte sich sofort aufs Wireless LAN, in das man sich nach einem Tipp hinter vorgehaltener Hand von einer Dame an der Rezeption einhacken konnte. So bekam man es kostenlos, während es über das Breitbandkabel sinnlos teuer war.

Wir gönnten uns einen Spaziergang entlang der um die gesamte Insel verlaufenden Uferstraße – links die zwei- bis zehnstöckigen Häuser, rechts der Ozean mit großen und kleinen Schiffen, vom Wassertaxi bis zum Ozeandampfer. Die Straße war überfüllt von Fahrzeugen aller Art. Wir gingen am Büro des Präsidenten, dem ehemaligen Sultanspalast, vorbei und fragten uns zu einer Eisdiele namens „Siegel" durch, die Stefan als interessanter Ort empfohlen worden war. Sie hieß dann in Wirklichkeit „Seagull" und schien das intellektuelle Zentrum der Stadt zu sein. Überall saßen mit wichtiger Miene telefonierende, diskutierende oder schweigende Einheimische. Es wurde höchst bedeutsam gegessen, gelesen und – Oh Wunder! – geflirtet. Es war irgendwie wie in einem sowjetischen Klubhaus in den 80er Jahren, bemüht niveauvoll, weltoffen und anrührend harmlos. Aber so richtig – hatte man den Eindruck – war der Kapitalismus hier noch nicht eingezogen.

Wir aßen Pommes medium und Clubsandwich und versuchten mehrmals abwechselnd, Coca Cola und frischen Orangensaft ohne extra Eis und Zucker zu bestellen. Nach einiger Zeit des kellnerlosen Wartens kamen alle Kellner und alle Versuche auf einmal, aber zum Glück hatten wir großen Durst. Die Preise waren – verglichen mit europäischen Verhältnissen – erträglich. Nur die Mücken, die es nur innerhalb des Cafés zu geben schien, waren unerträglich und ich erinnerte mich wieder an die Dengue-Gerüchte.

Nach dem Essen trennten wir uns, Stefan eilte zurück in sein „Büro" und ich unternahm eine Stadtwanderung. Erst dachte ich, ich gehe gerade durchs Hafenviertel und irgendwo fängt dann die Stadt an. Aber bald wurde mir klar, dass ganz Malé ein einziges Hafenviertel ist. Da die längste Straße der Stadt nur 1,6 Kilometer lang ist, von einem Ende der Insel zum anderen, und man schließlich immer an einem Ufer, einem Hafen, einer Mole oder einem Strand ankommt, ist man auch immer im Hafenviertel. Es gibt keine Autobahn, keine noch so kleinen Zufahrtsstraßen zur Insel – und doch herrscht reger Verkehr. Sie ist ein in sich geschlossenes System. Alles dreht sich auf zweieinhalb Quadratkilometern im Kreis. 75 000 Einwohner quälen sich hupend und gestikulierend mit Autos und Mopeds im Dauerstau durch die engen Straßen.

Als kürzlich die Taxifahrer von Malé für mehr Entlohnung streikten, erwiesen sie sich einen Bärendienst. Die Einwohner waren gezwungen, zu Fuß zu gehen, oder sie fuhren mit dem Fahrrad durch den deutlich entspannteren Verkehr und merkten, dass sie so viel schneller ans Ziel kamen. Die Insel ist eine Karikatur der westlichen Lebenswelt, weil der Kauf eines Autos zwar völlig sinnlos ist, jedoch unvermeidbar als Statussymbol zum modernen Lebensstil dazugehört.

Reichere Jugendliche kurvten stolz auf ihren Mopeds, gelegentlich sogar auf einer Harley umher, meistens jedoch ohne wirklich voranzukommen. Aber wozu auch? Man wollte ja eher gesehen werden als irgendwohin entschwinden. Die große Freiheit endet nach ein paar hundert Metern, dann muss man eh umkehren.

Ich wanderte im Zickzack durch die Gassen und machte Aufnahmen. Es gab eine Menge interessanter Häuser, oft farbenfroh bemalt und in verrückten Architekturen. Die neueren und höheren Bauten stehen eher in Ufernähe, da die Insel früher kleiner war und immer weiter aufgeschüttet wurde, um Platz zu schaffen. Keines der Häuser darf größer sein als die Hauptmoschee, die so genannte „Freitagsmoschee". Ich wanderte in wenigen

Stunden gemächlich einmal um die Insel mit entspannten Aufenthalten und Fotopausen. Kinder machten für mich Show-Wasserspringen an einem mit japanischer Staatshilfe gebauten Kai, der die komplette südliche Inselseite einnimmt. Vielleicht war das früher mal die unsicherste Seite der Insel und daher preiswertes Bauland, denn ausgerechnet die Japaner haben sich an diesem Ufer zwischen eher kleineren und ärmeren Gebäuden eine mehr als üppige Botschaft hingesetzt.

Innerhalb der Kais gab es kleinere geschützte Hafenbecken. Überall ankerten hier in mehreren Reihen Boote, auf denen allerhand los war: Fischer entluden ihren Fang, flickten Netze oder dösten in der Sonne. Bauarbeiter, die auf irgendeiner fernen Insel etwas zu bauen hatten, verluden ihre Maschinen. Sport- und Luxusschiffer aalten sich im Glanze ihrer Yachten.

Hinter dem Kai erreichten die Wellen beeindruckende Höhen und ich filmte aus einer tiefen Perspektive kinoreife Tsunamiwellen für eine mögliche Verwendung am Ende von „Dangerous Island", denn eine Schlussvariante war immer noch die Flutwelle, die alle Menschen gleich macht.

Dann kürzte ich eine Inselecke durch einen kleinen Park ab. Es war sehr heiß und ich bekam langsam, aber sicher Durst. Ein Spielplatz ohne Kinder dämmerte in der prallen Sonne dahin. Ich kam an einer riesigen fußballfeldgroßen Pfütze vorbei und überlegte, ob das vom vielen Regen kam oder ob das Meer hier mal kurz vorbeigeschaut hatte. In der Mitte stand ein Betonquader mit Tür, vielleicht ein Klo oder Transformatorenhäuschen, auf dem es sogar ein großes Graffito („Lick … u cant say u dont …") gab.

Als ich am östlichen Ende der Insel wieder zum Ufer stieß, sah ich noch größere Wellen und gut frittierte Surfer, die auf das offene Meer hinausschwammen und mit mehr oder weniger großem Erfolg die Wellen abritten.

Ich fand eine grün gestrichene Surferkneipe, nutzte das Klo und kaufte ein Fläschchen Wasser. Die anwesenden Jugendlichen sahen mit ihren coolen Sonnenbrillen und ernsten Mienen alle sehr albern aus. Wieder kam ich mir vor wie in einem sowjetischen Film, aber als ich ebenso groovy grüßte, tauten sie ein wenig auf und sagten Sachen wie „Hey, man!".

Ich stand eine Weile lang am Rande eines etwas verwahrlosten Sportplatzes und versuchte, das Foto meines Lebens zu schießen, weil ein paar Kids vor der Kaimauer Basketball spielten und ab und zu hinter ihnen eine riesige Welle hochschoss. Leider bekam ich bei der Auslöseverzögerung der Kamera nie eine coole Aktion der Ballspieler und die Welle gleichzeitig drauf – nur einen Jungen, der an einen Busch pinkelte, während hinter ihm eine mittelgroße Erfrischung explodierte. Da mir weder *Coca Cola* noch *Reebok* dieses Bild abkaufen würden, begrub ich meine Karriere als Werbefotograf und spazierte weiter.

Hinter der nächsten Inselecke fand ich am Rande eines Stadions einen surrealen Kindervergnügungspark mit größtenteils selbst gemalten Fantasiefiguren. Der Eintritt war frei, aber ich war fast alleine dort. Überall standen auch hier große Wasserpfützen. Ich ging noch ein paar Meter, überlegte gerade, was wohl hinter der nächsten Ecke für Wunder auf mich warten würden – und fand mich plötzlich vor dem Hotel wieder. Das war mir aber ganz lieb, da meine Fotobatterie zur Neige ging und ich eine frische an der Steckdose im Zimmer wusste.

Stefan hatte inzwischen das Baa-Atoll und unser Rethi Beach Ressort bei Google Earth gefunden, aber man konnte nur gerade noch unseren Wasserbungalow erkennen, der Rest der Insel war von einer Wolke verdeckt. Dafür sah man aber Vaadhoo mit der einzigartigen Lichtung in der Mitte ganz gut, sogar die Baumgruppe mit dem Stinkefinger. Die Aufnahme war schon ein bisschen älter und so war deutlich zu erkennen, was der Tsunami inzwischen angerichtet hatte. Die gesamte Insel war früher von einem schönen weißen Sandstrand umgeben, das kleine Vor-Inselchen war noch mit der Hauptinsel verbunden und sah aus wie der Schwanz einer Flunder.

Ich fragte Stefan, ob er nicht Lust hätte, den letzten Abend der Reise zu nutzen und sich mit mir Malé anzusehen. Aber er stöhnte nur, er hätte die Nase voll von islamischen Großstädten mit ihrem Männerüberschuss, dem ganzen Elend, Lärm und Gestank. Ich ließ den Ärmsten in seinem Elend allein und drehte noch eine weitere Runde durch die Stadt.

Unterwegs freundete ich mich mit ein paar Jungs in einer Motorradwerkstatt an, die dort ihren kleinen Traum lebten. Ein bisschen verlegen, aber freundlich ließen sie mich Fotos machen.

Dann packte mich der Ehrgeiz, einen großen Topf für unseren Postmann zu finden, einfach nur mal als Test, wie schwer hier das Organisieren sei. Ich machte mir wenig Hoffnungen, aber so hatte ich wenigstens wieder ein Ziel im Leben. Beschwingten Schrittes klapperte ich Haushaltswarenläden, Supermärkte und Kaufhäuser ab und bekam so nebenbei einen kleinen Eindruck von der Infrastruktur der Insel. Unterwegs machte ich eine Menge Fotos von Straßen und Leuten. Die Unterschiede zwischen den Menschen waren groß. Junge Frauen flirteten mich hemmungslos an. Eine verschleierte Muslimin hingegen, die mir in der finsteren Regalreihe eines Gemischtwarenladens begegnete, rannte regelrecht vor mir weg und starrte so lange demonstrativ aus dem Fenster, bis ich den Laden verlassen hatte — wahrscheinlich aus Angst, jemand könnte vielleicht denken, sie würde versuchen, mit mir zu kommunizieren.

Bei dieser Gelegenheit stieß ich in einer Drogerieabteilung auf ein paar Dosen *Axe*-Deo. Das weckte in mir die Hoffnung, vielleicht sogar eine Flasche *Phoenix* zu finden, mein Lieblingsdeodorant. Leider wird es in Europa nirgends mehr verkauft. Ich hatte schon von der Drehbuch-Woche in Dubai zwei Dosen mitgebracht, die viel zu schnell zur Neige gehen würden. Ich klapperte also im Geschwindmarsch die Drogerien ab und als ich tatsächlich die gesuchte Ware fand, kaufte ich den gesamten Vorrat auf.

Vor ein paar Tagen schon hatte sich die Pappsohle in meinen Billigschuhen, die ich als Schnäppchen in einem Babelsberger *Plus*-Markt erworben hatte, in klebrigen Gummimatsch verwandelt, sodass ich die Sohlen fortwarf. Während meiner Rennerei auf Malé nun begann sich die darunterliegende Pappschicht in schweißgetränkte Pappkrümel zu verwandeln, die an meiner Haut scheuerten, sodass ich allmählich Blasen bekam. Aber deswegen hatte ich keine Lust, mich von meiner Erkundungstour abhalten zu lassen. Im Gegenteil, der Konsumrausch hatte mich gepackt: Neben Drogerien und Topfläden ritt ich nun auch noch in Schuhläden ein, um nach Einlegesohlen zu fahnden, allerdings vergebens.

Dann wurde es rasch dunkel.

Dass es nahe am Äquator rasch dunkel wird, wusste ich schon seit Karl May, aber heute ging es irgendwie besonders schnell. Mein definitiv letzter Abend auf den Malediven brach an. Ich machte Bewegungsfotos von den vorbeifahrenden Motorrädern und Radfahrern, indem ich den Apparat bei langer Belichtungszeit mit ihnen mitzog, sodass sie vor einem verschwommenen Hintergrund allein scharf abgebildet wurden. Die Flirtszenen, die ich beobachtete oder in die ich selbst unverhofft einbezogen war, wurden immer mutiger, ich kam mir vor wie in Paris im Frühling. Überall trafen sich Pärchen, es wurde geschwatzt, mit den Augen geblinkert und eifrig per Handy telefoniert, während eine lange Reihe öffentlicher Telefonzellen noch beleuchtet, aber völlig leer dastand wie ein Relikt aus einer vergangenen Zeit.

Jemand hatte mir den Tipp gegeben, dass es große Töpfe – „big pots" – ganz sicher im Fischmarkt geben würde, am Hafen. Als ich nach einiger Fragerei („ein Topf, in den ein Mann passt") dort ankam, war es gerade dunkel geworden und der Fischmarkt schloss. Ich hetzte im Eiltempo durch die Hallen, vermutlich grasgrün im Gesicht wegen des infernalischen Gestanks. Gleich am Eingang empfing mich eine Reihe von Fässern mit den noch zuckenden Resten verarbeiteter Fische. Dahinter standen lange nasse Tische, an denen hier und da noch Männer in Gummischürzen an etwas herumschnippelten. Ein Arbeiter verstaute das meterlange blutige Skelett und den Kopf eines Fisches in einer Tonne. Überall saßen Fischer und Händler mit Bündeln von Geld in kleinen Kreisen am Boden oder hockten in einer zweiten Reihe dahinter. Alle waren erregt, aufgeputscht, als spielten sie ein aufregendes Wettspiel. Ich dachte schon, gleich würde jemand kämpfen, so, wie in „Hot Shots 2". Vielleicht verzockten sie ihren Lohn, vielleicht war es auch ihre Art zu handeln oder die Arbeiter auszuzahlen, jedenfalls erinnerte es an Piratenfilme.

Ich hielt die Videokamera hemmungslos drauf und versuchte, wie selbstverständlich dazugehörig auszusehen, aber es war schon sehr deutlich, dass die Leute mit mir – gelinde ausgedrückt – nicht viel anfangen konnten. Vermutlich geht in Malé ohne Genehmigung und Stempel gar nichts – und schon gar nicht, Bilder von arbeitenden Menschen zu machen. Aber vielleicht darf man ohne Erlass des Präsidenten auch keinen filmenden Touristen zur Rede stellen. Ich sah jedenfalls zu, dass ich nie allzu lange am selben Ort blieb. Ich enterte eine Treppe und fragte mich eine Etage höher nach großen Töpfen durch, aber die meisten Leute verstanden mich vermutlich nicht einmal.

Alles wirkte im Lichte blakender Neonlampen und tanzender Schatten seltsam archaisch, blutrünstig und bedrohlich. Ich sah keine einzige Frau. Zwei Fischer versuchten einen sehr großen Fisch in einer Kühltruhe voller Eis zu verstauen, hinter einer halb offenen Tür stritten sich mit rauen Lauten Männer. Irgendwie ging es nicht mit rechten Dingen zu, irgendwie hatte es mich ins Mittelalter verschlagen. Dies schien keine Touristenattraktion zu sein, wie so viele Fischmärkte weltweit, sondern eine Art düstere harte Realität.

Während die meisten Leute mich nur erschrocken anstarrten und sich fragten, wie so einer wie ich hier wohl herkommen konnte, sprach mich plötzlich jemand mit einem so autoritären Habitus an, dass ich dachte, er würde mich gleich zu den Fischresten in die Tonne stecken. Er musste hier ein ganz großer Boss sein und war zumindest keine Widerworte gewohnt. Ich brachte klamm mein Topf-Alibi hervor, aber er begann mich streng auszufragen, was ich hier täte. Also nahm ich alles autoritäre Gehabe zusammen, zu dem ich fähig bin, und zeterte ihn ebenso streng und von oben herab an, mir sei definitiv versprochen worden, dass ich hier einen großen Topf kaufen könnte.

Zum Glück war er – wie die meisten Insulaner – zwei Köpfe kleiner als ich. Er schluckte verblüfft und nannte mir, um mich loszuwerden, einen Trödlerladen um die Ecke, an dem ich schon vorher vorbeigelaufen war und in dem es ganz sicher nicht das Gewünschte geben würde, aber ich war auch nicht auf weitere Diskussionen aus und trollte mich – nicht ohne ihn während des Rückzugs noch einmal streng anzublicken, damit er nicht doch noch auf die Idee kam, mich nach einer Drehgenehmigung zu fragen.

Die kleinen verstopften Gassen rings um den Fischmarkt erinnerten mich an meine Kindheitsträume vom mittelalterlichen Rostocker Hafen. Hier wurden keine anonymen Container verladen, das hier war Stückgut, hier wurde noch von Mann zu Mann gekauft und verkauft. Eine Bananenstaude für Ibrahims Gemüseladen, 100 Kloschüsseln für Sun Island, ein dicker gelber Fisch für Kasim. War der Handel perfekt, wurde die Ware kurzerhand zu Fuß auf ein bereitstehendes Dhoni geschleppt.

Fahrräder, Karren und kleine Lastautos kurvten eng aneinander vorbei und zwischen den vielen Läden und Handelskontoren hin und her. Es war wie in einem Ameisenhaufen, jeder hatte zu tun, ohne genau zu wissen, was der andere tat. So etwas könnte niemand im Ganzen planen – das war ein Markt, auf dem jeder etwas suchte oder anbot und sich so lange im Kreis bewegte, bis ein Deal gemacht war.

Ich besuchte einen Souvenirladen und kaufte dort einige handgemachte Katzen, Schildkröten und Elefanten für zu Hause. Der Verkäufer, dessen Laden ich gewählt hatte, weil er mich als Einziger nicht bedrängt hatte, freute sich wie Bolle über die Sammelbestellung und noch mal ebenso sehr über den harten Feilschkampf, den ich ihm lieferte. Bald war der Laden voller Kollegen von ihm, die ihn beneideten und mich dann noch eine düstere Treppe hinauf in einen weiteren Laden lockten, um nicht zu sagen, nötigten, wo ich jedoch nichts kaufte, weil ein paar Dutzend Haifischgebisse an einer Wand hingen. Zum Glück ließen sie mich wieder gehen, ohne meinen Kopf zu schrumpfen.

Auf dem Rückweg geriet ich in eine wilde Verfolgungsjagd, eine furchtbar aufgeregte Polizeiaktion. Menschengruppen liefen umher, Uniformierte gaben sich wichtig. Ein Jugendlicher hatte ein Moped gestohlen. Ich versuchte mir auszumalen, wohin er auf diesem Inselchen wohl damit hatte abhauen wollen. Ein Passant, den ich fragte, ob man dem Ärmsten nun die Hand abhacken würde, grinste nur vielsagend und winkte ab. Ich hoffte inständig, das sollte nein heißen.

Stefan war ebenfalls in heller Aufregung, weil er vermutete, ein wichtiges Kabel in unserem Hotelzimmer im Reethi Beach Ressort vergessen zu haben. Ich musste gleich alle meine Sachen durchsuchen und er telefonierte mit Mirijam, um in einer logistischen Großaktion, in dem zweimotorige Wasserflugzeuge und abreisende Touristen eine Rolle spielten, eine Kabelübergabe am folgenden Morgen auf dem Flughafen Hulhule zu organisieren.

Dann kam die Rückantwort von Mirijam, Stefans Kabel sei nicht aufzuspüren.

Schließlich fand es sich in seinem Koffer.

Zum Abendbrot versuchten wir unser restliches Geld auszugeben. Stefan aß einen traurig dreinblickenden Hummer für 31 Dollar, an dem nicht einmal allzu viel dran war. Ich bekam die schlechteste Tomatensuppe der Welt vorgesetzt, eine Art ungewürzte Mehltunke mit so viel „E" darin, so vielen Konservierungsstoffen, dass man sie schon riechen konnte. Mein nobler „Roastbeef Salad" entpuppte sich als ein Tellerchen mit ein paar Wurststückchen vermischt mit Salatblättchen und einigen unschuldig in Gefangenschaft geratenen Käfern und Schnecken.

Die Nacht verbrachten wir in Kinderbetten mit feuchter Bettwäsche, umzingelt von Riesenameisen. Überall roch es nach Desinfektion und die Klimaanlage machte einen Höllenlärm. Irgendwann stand ich schlaflos auf und verschickte SMS und Mails, in denen es mir leicht fiel, meine Freude über meine baldige Heimkehr zu schildern.

18. Mai 2007

Ich träumte seltsame, wilde und gefährliche Geschichten, unter anderem überfiel ich mit einem alten Freund aus Greifswald zusammen eine Tankstelle. Er hatte eine blaue nashornartige Wucherung auf dem Kopf und sah aus wie ein Punk in „Hellboy". Falls es tatsächlich zutrifft, dass Träume wahr werden, die man träumt, wenn man zum ersten Mal in einem neuen Bett schläft, würden einige Leute demnächst mit seltsamen Überraschungen zu rechnen haben.

Da ich in Ruhe frühstücken wollte, stand ich rechtzeitig auf, nahm schon meinen Koffer mit und wankte schlaftrunken in Richtung Restaurant. Doch ich war der einzige Gast, der Kellner jagte mich von einem Tisch zum anderen, weil er immer meinte, ich müsste doch noch woanders sitzen, erst bei den roten Servietten, dann bei den grünen usw. – bis ich schließlich einfach stur da blieb, wo ich war. Da das Büfett noch nicht vorbereitet war, bekam ich alles kleckerweise, gefroren und mit noch eisigeren Blicken gebracht.

Da ich vor der endgültigen Abreise noch einmal aufs Klo musste, schleppte ich meinen Koffer wieder zurück ins Hotelzimmer, wo Stefan gerade den Zimmerschlüssel suchte.

Als wir endlich in Richtung Lobby marschierten, sah ich auf einem Nebendach die einzige echte Katze während der ganzen Reise. Sie war sandfarben, sehr dünn, aber wunderschön, wie eine verwunschene ägyptische Palastkatze, und sie war offenbar extra gekommen, um sich persönlich zu verabschieden.

An der Rezeption wartete bereits ein nervöser mit Pickeln besprenkelter junger Mann, der sich schüchtern stotternd als „Representiv of the Hilton Hotel" vorstellte und für unseren reibungslosen Transfer zum Flughafen zuständig war. Eigentlich kannten wir den Weg, er führte zehn Fuß zur anderen

Straßenseite zum Dhoni, aber der Gute hatte nun mal einen Job und war fest entschlossen, ihn so wichtig wie möglich zu machen. Vorbei war die Zeit, wo man einfach seinen Rucksack schnappte und losging, nein, ein ängstlich um seine Glaubwürdigkeit und administrative Würde bemühter „Representiv" zog unsere Koffer durch jede Pfütze und ließ sie nicht los, bis wir endlich durch die Sperre im Flughafengebäude verschwunden waren.

Unsere Überfahrt zur Flughafeninsel kostete mit diesem Anhängsel ein Vielfaches von dem kleinen Geldschein, den die anderen Leute dem Schaffner des Dhonis in die Hand drückten, aber andererseits war unser Begleiter auf diese Weise nicht arbeitslos und die Betreuung war im Preis des ansonsten für lokale Verhältnisse spottbilligen – weil im Internet gebuchten – Hotels inbegriffen.

Das globalisierte Kapital schafft manchmal eigenartige Verhältnisse, so, wie das Hotel in Bangkok, von dem Stefan mir erzählte, in dem man online für 8 Dollar ein Zimmer buchen kann und dafür, wenn man es auf der eigenen Website (www. frickfilm.de – unter Reisebüro) bucht, 20 Dollar Provision bekommt, ohne je da gewesen zu sein.

Man hatte bei der Einreise vor zwei Wochen mein Gepäck geröntgt und mir aus religiösen Gründen eine kleine Plastik-Taschenflasche „Baileys" abgenommen und sie – damit ich kein schreckliches Unheil damit anrichtete – vorsorglich gegen eine Quittung in Verwahrung genommen. Es sei kein Problem, so war mir versichert worden, die Flasche bei der Ausreise wieder einzulösen, also machte ich mich jetzt frohen Mutes auf den Weg durch die Instanzen des Flughafens. Um es abzukürzen, bestand das Problem darin, dass ich die Flasche sehr einfach bekommen könnte, aber erst nachdem ich durch die Passkontrolle hindurch war. Aber leider musste ich mein Großgepäck schon vorher einchecken, hätte das Fläschchen also nur im Handgepäck mitnehmen können. Wegen der neuen Bestimmungen aber, dass keine Flüssigkeiten über 100 Milliliter mitgeführt werden dürften, hätte man mir die „heiße Ware" sofort wieder abgenommen – und zwar endgültig, selbst wenn in der Flasche schon gar keine 100 Milliliter mehr drin gewesen wären.

Ich fragte mich von Counter zu Counter, von Diensthabendem zu Diensthabendem durch, um mein Alkoholproblem zu lösen, und als ein Bürokratenpärchen, bei dem ich einfach nur den Weg zu einem anderen Büro zu erfragen versucht hatte, mich offensichtlich auflaufen ließ und, als ich gerade ihr Büro verlassen wollte, auch noch in albernes Gelächter ausbrach, platzte mir gewaltig der Kragen. Ich kehrte um und machte ein so gewaltiges Fass auf, dass sie mich kreidebleich persönlich ans Ziel brachten, welches durch zwei Türchen und ein Treppchen nur wenige Schritte entfernt lag.

Dort in der Aufbewahrungskammer bekam ich tatsächlich mein Corpus delicti wieder. Ich staunte über mich selbst und über meinen Kampfgeist. Es war mir nicht um die paar Schluck „Baileys" gegangen. Während der zwei vergangenen Wochen hatte ich keinen Tropfen Alkohol gesehen und ihn auch nicht vermisst, aber nachdem wir die Zollkontrolle passiert hatten, führte der Weg geradewegs durch einen großen Duty-free-Shop, in dem man sich literweise mit harten Sachen eindecken konnte. In jeder Hotellobby konnte man bis zum Umfallen saufen, aber aus meinem persönlichen Koffer hatte ein Viertelliter Likör konfisziert werden müssen. Diese Heuchelei wollte ich mir nicht bieten lassen und ich hatte einfach eine böse Freude daran, den armen Menschen mit Kohlhaas'scher Penetranz den Stress zurückzuzahlen, den sie mir selbst machten. Zugegeben wäre so viel Engagement an anderer Stelle und bei anderer Gelegenheit fruchtbarer und sinnvoller gewesen. Vielleicht spielte auch die Genugtuung mit, mich im Schutz meines bundesdeutschen

Passports ein bisschen an den Sesselfurzern dieser Welt zu rächen.

Als ich vor 21 Jahren am Flughafen Schönefeld wegen meiner Gummistiefel zum Republikflüchtling ernannt worden war, als man mich damals stundenlang verhörte, mit Gummihandschuhen befingerte und von meiner harmlosen Ungarnreise abhielt, wäre ich gerne so mutig gewesen.

Da wir trotz meines Widerstandskampfes auf dem Flughafen von Hulhule noch reichlich Zeit hatten, suchte Stefan sich einen Hot Spot und klappte seinen Laptop auf, um globalisiert zu arbeiten. Und auch ich holte meinen winzigen Jornada hervor, um den Reiseschriftsteller zu spielen.

In einem Duty-free-Shop entdeckte ich bei einer Klorunde Gummibärchen, Stefans bevorzugte Droge, und er konnte sich nach 14-tägiger Abstinenz endlich mit großen knisternden Tüten für 8 Dollar eindecken.

Dann starteten wir.

Der letzte Blick auf die grünen Spiegeleier im Ozean machte schon ein bisschen wehmütig, aber die Hoffnung auf ein Wiedersehen war ja nicht völlig unbegründet. Wir hatten erreicht, was wir erreichen wollten, hatten eine Insel, begeisterungsfähige Partner und das Gefühl gewonnen, dass unser Film nicht nur machbar war, sondern möglicherweise einmal verdammt gut aussehen würde.

Als wir den Feinschnitt von „Peters Journey" beendeten, befanden wir uns 10 000 Meter über dem Iran, nicht weit von der irakischen Stadt Kirkuk entfernt, und ich rechnete jeden Augenblick mit Raketen. Eigentlich hätten wir über Saudi Arabien fliegen sollen. Was hatten wir hier verloren? Zuerst dachten wir, die Maschine sei entführt worden, da sich auf dem Monitor von der üblichen blauen Linie mit dem kleinen Flugzeug an der Spitze plötzlich eine grüne abspaltete – Grün ist die Farbe des Propheten – und wir geradewegs Richtung Bagdad steuerten.

Auch tauchte die kompassartige Anzeige, in welcher Richtung Mekka liegt, die vermutlich so viel wie „Bitte jetzt beten!" heißt und die sonst vor allem bei Start und Landung zu sehen ist, verdächtig oft auf. Aber man einigte sich wohl gütlich und so erreichten wir wohlbehalten – wenn auch nach einer furchtbar langen Ehrenrunde über Bayern – den Flughafen von München, die Stadt, die bekanntlich mehr Land als die Malediven hat.

So weit des Abenteuers erster Teil.

Wir hatten die perfekte Insel gefunden. Wir kommen wieder, wir drehen den Film! Bis dann! Trinkt aus, Piraten, johoho!